ばけもの好む中将 十
因果はめぐる

瀬川貴次

集英社文庫

目次

これまでのあらすじ

十二人の姉がいる以外は、ごく平凡な中流貴族の宗孝。御所に物の怪が出たという噂を確かめに行ったところで、怪異を愛する変人の名門貴族・宣能に出会い、彼と共に物の怪の正体を追うことに。

結局、人の仕業とわかって落胆する宣能だったが、なぜか彼に気に入られてしまった宗孝は、それ以降も〈ばけもの好む中将〉宣能の不思議めぐりに付き合わされることになる。

都で起きる怪異を追う二人は、様々な身分の宗孝の姉たちや宣能の妹・初草も巻きこんだ事件にたびたび遭遇する。

宣能は嫌っている父・右大臣に弱みを握られ、鬱憤がたまる日々。父の手先として暗躍する多情丸が乳母の仇だと知り、復讐の機会をうかがう。一方、神出鬼没な宗孝の十の姉も多情丸の一味と関係があるようで……。

人物相関図

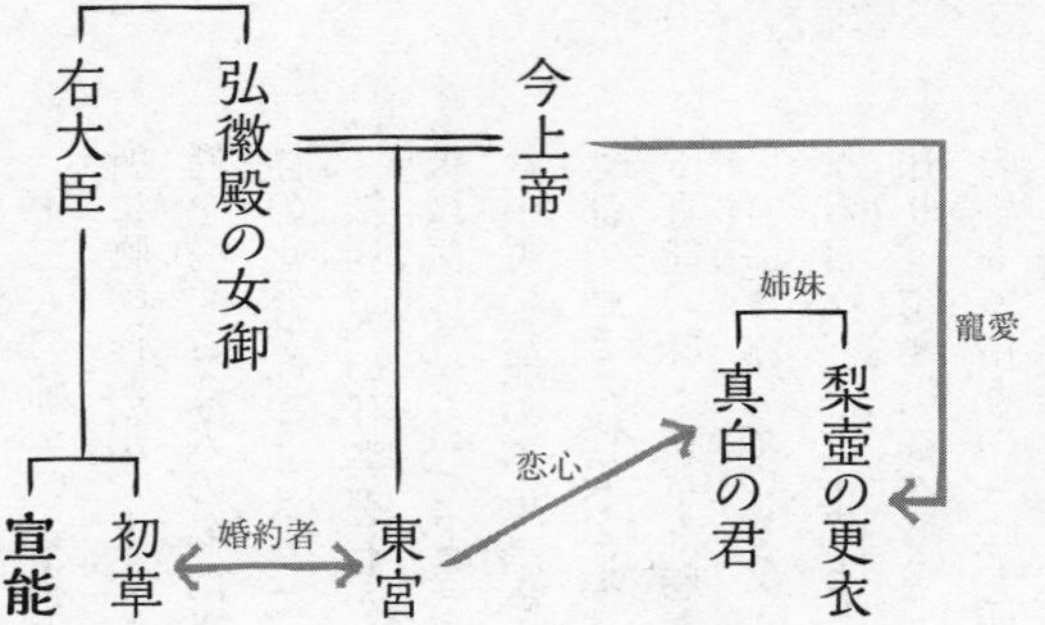

宗孝と姉たち

一の姉……人妻。宗孝の母より年上。
二の姉……尼僧。
三の姉……伊勢の斎宮に仕える女房。
四の姉……恋多き女性。
五の姉……学者の妻。発明好き。
六の姉……武士の妻。
七の姉……夫とともに地方在住。
八の姉……帝に見初められて入内。梨壺の更衣。
九の姉……初草に仕える女房。九重。
十の姉……家出中で神出鬼没。別名・十郎太。
十一の姉……梨壺の更衣に仕える女房。小宰相の君。
十二の姉……未婚。真白の君。
宗孝

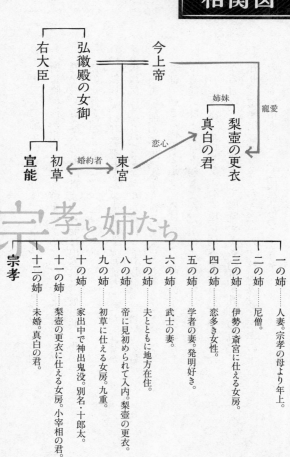

登場人物紹介

左《さ》近衛《このえの》中将《ちゅうじょう》宣能《のぶよし》

右大臣の嫡男。眉目秀麗で家柄も良く将来有望な貴公子なのに、怪異を愛しすぎている〈ばけもの好む中将〉。

右《う》兵衛《ひょうえの》佐《すけ》宗孝《むねたか》

中流貴族の青年。十二人の姉がいる。宣能になぜか気に入られ、ともに怪異めぐりをしている。

初草《はつくさ》

宣能の異母妹で、共感覚《シナスタジア》を持つ少女。未来の東宮妃だが、東宮が苦手。

右大臣《うだいじん》

宣能と初草の父。冷酷。当代一の権力者で、多情丸らを手先として使っている。

東宮《とうぐう》

別名・春若。真白が好き。

多情丸《たじょうまる》

都の暗部を牛耳る。

狗王《くおう》

多情丸の手下。

ばけもの好む中将　十　因果はめぐる

騒がしい神

夏の強烈な陽射《ひざ》しが降り注ぐ中、あちこちの通りで陽炎《かげろう》が立ち、蒸し暑さを強調するように蟬《せみ》がせわしなく鳴き続けていた。平安の都は盆地で、夏の暑さはまた格別だ。だからだろう、この時代の貴族の住居である寝殿造《しんでんづくり》は、夏の気候を基準に建てられており、開放的で風通しがいい。右大臣家の姫君、数えの十一歳になる初草《はつくさ》も、対屋《たいのや》の奥の陽の射さぬ母屋にて、屋内に吹きこむ風を受けつつ座していた。

初草の前には、夏らしい縹《はなだ》色（青）の袿《うちき》をまとった、三十代なかばほどの女人が畏《かしこ》まっている。右兵衛佐宗孝《うひょうえのすけむねたか》の姉のひとり――五の姉だ。夫は学者で、その影響か、彼女自身もからくり作りをよくこなしている。のちの世で言うところの発明主婦なのだ。

「紹介いたしますわ、姫さま。こちらが五の姉君。呼び名の通り、上から数えて五番目の姉になります」

そう告げたのは、初草付きの女房の九重《ここのえ》だ。彼女自身は十二人姉妹の九番目にあたり、家族から九の君と呼ばれていた。九重という女房名も、そこから付けられたものだ。

これは初草のために、九の姉が設けた席だった。初草の抱えている問題を、五の姉の知恵でどうにかしようというのである。

「お久しぶりですわ、五の君。おぼえておられましょうか、以前にからくりの寺院でお逢《あ》いしておりますが。あのときはいろいろありすぎて、お話もできませんでしたけれど、九重――九の君からの引き合わせでこうして再びお逢いできて、嬉《うれ》しく思っておりますわ」

初草は五の姉と九の姉を興奮気味に交互に見やり、

「あまり似ては……」

いないのね、と言いかけて言葉を呑《の》みこんだ。

「ごめんなさい。はしゃぎすぎて、うっかりと失礼なことを言うところでした」

初草は宮廷で最も力ある右大臣の娘であり、未来の東宮妃《とうぐうひ》（皇太子妃）となることが生まれながらに定められていた。そんな、深窓の姫君としても最上位の身でありながら、驕《おご》るどころか恥ずかしそうにしている。純真無垢《じゆんしんむく》で可憐《かれん》な少女に、五の姉も九の姉も目を細める。

「母親が違いますし、年も十以上、離れておりますから」

と九の姉が言えば、五の姉も生真面目《きまじめ》にうなずき、

「そもそも、十二人も姉妹がおりますれば、いろいろですとも」

「いろいろ……」

その言葉に触発されて、初草の心に右兵衛佐宗孝の十二人の姉たちの面影が浮かんだ。彼女たち全員と顔合わせをしたわけではなかったが、話だけは宗孝にそのつど聞かされ

ていたのだ。

一の姉は中流貴族の妻となり、絵に描いたような平穏な結婚生活を送っている。

二の姉は夫と死別し、出家の身に。

三の姉は伊勢《いせ》の斎宮《さいぐう》に仕える有能な女房だ。

恋多き四の姉は昔から結婚と離婚をくり返していたが、昔の恋人とよりを戻して以来、すっかり落ち着いている。

そして、学者と結婚した、聡明《そうめい》な五の姉。

身分の低い武士と駆け落ちした、子だくさんの六の姉。

七の姉は、地方に赴任した夫のもとで暮らしている。

八の姉は、五節《ごせち》の舞姫に選出された際に帝《みかど》に見初《みそ》められて入内《じゅだい》。寵妃《ちょうひ》・梨壺《なしつぼ》の更衣《こうい》となり、姫宮をひとり儲《もう》けたばかり。

九の姉は夫だけが任国に下り、ひとり都で留守を守っていたが、紆余曲折《うよきょくせつ》の末にいまでは初草付きの女房になった。

十の姉は神出鬼没。とにかく謎多き存在だ。

十一の姉は梨壺の更衣の同母妹で、姉に仕える宮廷女房に。

十二の姉は、末っ子長男の宗孝と同い年。姉たちのさまざまな生き様を見てきたがゆえに、結婚すべきか女房勤めに出るべきかと迷っている真っ最中だった。

年齢も幅広く、帝の妃《きさき》から武士の妻、女房、尼など、境遇も実に多彩だ。それもこれも、齢《よわい》七十を過ぎようという権大納言《ごんだいなごん》が、なんとかして嫡男を得たいと努力を重ねた結果だという。十三番目に宗孝が生まれていなければ、いったい何人姉妹となっていたやら。

「わたしには兄ひとりしかおりませんから、きょうだいの多い宗孝さまがうらやましいです」

世辞ではなく本心から初草が言うと、九の姉はとんでもないとばかりに首を横に振った。

「もったいないお言葉ですわ。姫さまには、いつも弟がお世話になっておりますのに」

「いいえ、お世話になっているのはわたしのほう。宗孝さまはいそがしいお兄さまに代わって物語を読み聞かせてくれますし……」

そこで五の姉が急に冷静な口調で言った。

「宗孝が物語を読み聞かせるとのことでしたが――姫さまは文字が動いたり、色がついているように見えると、九の君からうかがいました。それは真《まこと》の話でございましょうか」

外界からの刺激を通常とは異なる形で認識する――たとえば、文字が立体的に見えたり、音に色を感じるといった現象を、千年のちの世では〈共感覚《シナスタジア》〉と称した。それは脳の機能に由縁するもので、精神の病ではなく、知能とも関連がない。とはいえ、その感覚を他人に説明するのは難しい。

五の姉の単刀直入な物言いに初草はたじろぎ、九の姉も雛《ひな》を守る親鳥のように肩をいからせ、「姉上、その訊《き》きようはいささか」と間に入ってこようとした。五の姉は気にせず、先を続ける。

「そして、常とは異なるその色と動きに邪魔されて、読み書きはおできになれない。ですから、絵物語も誰か別の者が読まねばならないのですよね？」

いわば、〈共感覚《シナスタジア》〉と〈識字障害《ディスレクシア》〉を併発しているのだ。もっとも、この時代、読み書きができる者のほうが圧倒的に少ないのだが。

「信じてはいただけないかもしれませんが……」

初草が困惑気味に言いよどむと、五の姉は首を横に振った。

「いいえ、疑っているのではありません。そう思わせたのでしたら、お許しください。珍しいこととは思います。ですが、世の中には音に色を感じるかたもいれば、ひと目見た光景を絶対に忘れないかたもいるとか」

これには初草も驚いた。特に、音に色を感じるというくだりに。

「字ではなく、音に色を？」

「はい。この世に住まうひとびと、それぞれ顔かたちが異なるように、物事の捉えかたも必ずしも一律ではない。と考えますれば、字に色や動きを感じようとも、さほど不思議ではありますまい」

「不思議では、ない……」

ホッとしたような、少しだけ寂しいような。初草が複雑な表情を浮かべると、五の姉は少女の戸惑いを読み取り、静かに言った。

「あり得なくはない、という意味です。姫さまは文字の色と動きから、それを書いた者の性別や心情などを汲《く》み取《と》ることがおできになるとか」

「は、はい」

その能力を、初草は兄や兄の知己のために役立ててきた。しかし、証明はしがたいし、できることよりも、できないことのほうへと意識は向いてしまう。

身を固くする初草に、にこりと五の姉が微笑《ほほえ》んだ。

「それはとても稀有《けう》で、素晴らしい才能だと思いますわ」

「才能……」

五の姉はずいっと身を乗り出し、

「できますれば、的中率など詳細な資料をいただきたく――」

「姉上、姉上ったら」

学者気質《かたぎ》ゆえの偏執的な側面を覗《のぞ》かせた五の姉を、九の姉があわてて諌《いさ》めた。初草は若干、引いてしまっている。

「失礼いたしました。ついつい探究の虫が」

五の姉は軽く咳払《せきばら》いをしてから、脇に置いていた白木の箱をすっと前に押し出した。

なんの飾り気もない、質素な蓋付きの箱だ。が、その箱をあけた途端、初草の目の前にさまざまな色彩が出現した。

淡い空色、くすんだ緑、黒っぽい臙脂《えんじ》に蜂蜜のような濃い黄色。いちばん多かったのは無色透明なきらめきだ。それらは皆、鉱石の小さなかけらだった。

「わたしには息子がひとりおりますが、昔からこのような石を集めるのが好きで。暇さえあれば、河原《かわら》に行って石を拾ってくるのですよ。色や手触り、割れたときの断面の様子などで石を細かく分け、記録を録《と》ったり部屋中に並べたりと、毎日毎日飽きもせずに」

少しあきれ気味に、それでいてどこか誇らしげに、五の姉が言う。

「石の博士にでもなるつもりかしら」

九の姉がからかうように言えば、「本当にねえ」と五の姉はほがらかに笑った。性格にやや難があり、年の近い異母姉妹たちとは気まずい関係となってしまった九の姉も、十歳以上、年齢の離れた五の姉とは気兼ねなく話せている。よかったわ、と初草も他人《ひと》事《ごと》ながら安堵《あんど》していた。

「愚息からこれらの石を借り出してまいりましたのは、姫さまのお役に立てるのではないかと考えたからです。石の中には玻璃《はり》（水晶）のように光を通すものもあり、透かして見た像も光の向きや石の形により、さまざまな変化が生じます。色調もこれこの通り、濃《こ》き淡《あわ》きと、ひとつとして同じものはありません。これらの石を通して文字を眺めれば、色や動きが抑えられ、字そのものの判読が可能になるのではと考えた次第でございます。というわけで、ご協力いただけますでしょうか」

「は、はい」

理屈はすぐには呑みこめなかったものの、初草はいそがしく頭を縦に振った。

「では、どれからいきましょうか。柘榴石《ざくろいし》では色が濃すぎましょうから……。そうですわね、まずはこの紫色の玻璃を透かして文字を見てくださいませ」

すかさず、九の姉が厨子《ずし》から絵巻物を取り出して、初草の前に広げてくれた。お気に入りの『伊勢物語』。歌人・在原業平《ありわらのなりひら》の恋物語だ。

物語を綴《つづ》る文字の動きは、木の葉が風にそよぐさまに似ており、墨色ではなく朽葉《くちば》色（赤みを帯びた黄色）に見える。華麗な絵物語を邪魔しない、控えめな感じが気に入っている点でもあった。

初草は親指とひと差し指で紫色の玻璃——紫水晶を摘《つま》み、巻物の詞書《ことばが》きの上にかざした。眉間に皺《しわ》を寄せ、石を通して文字を眺めてみる。

「いかがでしょう？」

と五の姉が訊く。九の姉も固唾《かたず》を呑んでいる。

「……自信がないけれど、いつもよりは動きがおとなしめかしら。もともと、動きの激しい文字ではなかったけれど」

老境に入った人物が、秘《ひそ》やかに楽しみつつ『伊勢物語』を書き綴っていったのかしらと、初草は想像していた。

重ねて五の姉が問う。

「色のほうはいかがですか？」

初草は裸眼で文字をみつめ、石を通してみつめ、をくり返してから答えた。

「石の紫が薄いせいか、ほとんど変わらないような」

「なるほど。では、今度はこの琥珀《こはく》でどうぞ、お試しを」

初草はさっそく、渡された琥珀を試してみた。

「……もともとの字の色が朽葉色だから、石の飴《あめ》色とよく馴染《なじ》んで、さっきよりも見やすくなった気がします」

色や動きが抑えられれば、文字の形そのものにより意識が向かう。慣れない感覚は負荷が大きかったが、初草は懸命に目を凝らした。

九の姉は自分のこと以上に気を揉《も》み、

「どうですか？　手応えはありそうですか？」

と、くり返す。五の姉はそんな異母妹を「あせらないで、九の君」とたしなめて、別の石を手に取った。

「違う色目のもので試してみましょうか。こちらは蛍石《ほたるいし》と呼ばれるものですが」

「まあ、きれい」と、九の姉が感嘆の声をあげた。

初草も神秘的な薄緑色の石に目を奪われる。ただ、透明度には欠けており、試してはみたが、適しているとは言いがたい石だった。

「これで字を見るのは無理かも」

「色が薄いので、もしかしてと思ったのですが駄目でしたか。まあ、厚みもありますしね。では、次はこちらを」

次に五の姉が差し出したのは、氷の粒のような、無色で透き通った玻璃だった。

「色味のない玻璃でも、向きによっては何か変化があるやもしれません。ぜひとも試してみてくださいませ」

五の姉の力強い口調に励まされて、初草は石の角度を変えつつ詞書きを目で追っていった。姫さま、がんばってくださいませと、九の姉も声援を送る。

ひと通り試し終えたところで、五の姉が訊いた。

「さて、どの色がいちばん効果がありましょうか」

「……そうね、この中から選ぶとすれば琥珀かしら。色がもう少し濃ければ、よりはっきりしたかも」

なるほど、なるほどと、五の姉はうなずいた。

「やはり色味のない石よりも、なんらかの色がついているほうがよさそうですわね。色が濁って透かし見がしにくい石も、薄く削れば、あるいは使えるやも」

「石を薄く削るって大変ではありません？」との九の姉の質問に、

「ええ。うちの息子は集めた石を眺めては仕分けて保存するばかりで、加工までは手がけてませんしね。けれど、幸い、使えそうな道具がわが家にはたんとありますし、夫とも協議して、いろいろ工夫を凝らしてみるといたしましょう」

頼もしい発言に、九の姉の表情もほころぶ。

「よかったですわね、姫さま」

「ええ。五の君と引き合わせてくれて本当にありがとう、九重」

そんな、と九の姉が謙遜するのに重ねて、

「まだうまくいくとは限りませんよ。これぞという発案が完成寸前で潰《つい》えてしまうことなど、それはもう、しょっちゅうでございますから」

と、五の姉がため息をつく。

「やはり、そういうものなのですか」と九の姉。

「そういうものですよ」

「それでも飽きないのはさすがですわね、姉上」

「あなただって好きな舞には飽きないでしょう？　それと同じことですよ」

顔を見合わせて姉妹はころころと笑った。打ちこんでいる何かがあるというのが、このふたりの共通点だったのだ。

うまくいくとは限らないと釘《くぎ》を刺されても、初草は心が沸き立つのを抑えられなかった。

字が読めるようになるかもしれない。誰かの手助けなしで、存分に物語の世界にひたれるかもしれない。見聞が増えた分、五の姉や九の姉のように打ちこめる何かを見出《みいだ》しやすくなるかもしれない。そのうちには字が書けるようにもなり、好きな殿方に想《おも》いを綴った文《ふみ》をそっと渡せるやもしれないのだ。

目の前に並べられた色とりどりの鉱石たちは、初草のために新たな可能性の扉を示していたのだった。

夕刻。十二人姉妹の末弟である右兵衛佐宗孝は公務を終え、御所《ごしょ》の北東に位置する左《さ》近衛府《このえふ》に向かっていた。日頃から懇意にさせてもらっている、左近衛中将宣能《さこのえのちゅうじょうのぶよし》に呼び出されたからだ。

近衛府の殿舎の前で、宗孝は年下の舎人《とねり》とばったり出くわした。

「やあ、こちらに左近《さこんの》中将さまはおいでかな？」

訊いた直後に、しまった、左近中将はふたりいるのだったと思ったが、舎人はわけ知り顔でうなずいた。

「はいはい。〈ばけもの好む中将〉さまでございますね」

雑用係の舎人にまで、その呼び名が浸透している。宗孝が変わり者の近衛中将に、あちらこちらの魔所――物《もの》の怪《け》が出ると噂《うわさ》される場所へ連《つ》れ廻《まわ》されていることも筒抜けだ。

「そう、その中将さまだよ」

宗孝は苦笑しつつ、素直に認めた。

この時代、ひとびとは夜におびえ、神仏にすがり、それでも足りずに災難を避けようと陰陽師《おんみようじ》の占いに頼る。自ら進んで物の怪の出没地に出向くなど、するはずもない。

だが、それを左近衛中将宣能はやるのだ。右大臣家の嫡男で眉目秀麗、申し分のない貴公子でありながら怪異を愛し、物の怪に遭遇したいと、暇をみつけては夜を歩く。従者から同行を拒否されるようになっても懲りない。

宗孝は十二人の姉がいる点をのぞけば至って普通であり、物の怪などとは絶対に関わり合いたくない常識人だった。なのに宣能に気に入られ、魔所へと同行させられている。

相手は身分も位階も年齢も上で、到底逆らえるはずもない。そのうちに、声がかからないと、それはそれで寂しいと思うようになってしまった。

そんな関係が一年ほど続いて、宗孝もだいぶ耐性がついてきた——と、本当に言えるのやら。幸い、宣能も宗孝も、これだけ夜歩きを続けていながら、いまだ本物にはめぐり逢えていない。大抵は何かの見間違いか勘違い、自然の現象、ときにはひとの仕業であったりもした。

それでも、宣能は怪異を追い続けている。宗孝もこうして彼に付き合っている。市に引かれていく牛の気分をちょっぴり味わいながら。

「控えの間で宰相《さいしょう》の中将さまと御歓談中でしたよ」

舎人にそう教えられて、宗孝はさっそく近衛府の中の控えの間へと向かった。

長い簀子縁《すのこえん》（外に張り出した渡廊）を渡っていくと、御簾《みす》のむこうから楽しげな談笑の声が聞こえてきた。明るく闊達《かったつ》な声は、宰相の中将雅平《まさひら》のものだった。

近衛中将は近衛府の次官。左近衛と右近衛にそれぞれ二名、計四名が定員とされている。この時代、本来の宮城警固の任を武士に譲り、もっぱら歌舞音曲《かぶおんぎょく》を務めている。いわば、上流貴族の子息が出世の通過点として担う職であり、きらびやかな宮廷文化の花形でもあった。

「失礼いたします。右兵衛佐が参りました」

宗孝が御簾越しに呼びかけるとすぐに、

「待っていたよ。入っておいで」

と、楽の音のように耳に心地よい低音が応じてくれた。宣能の声だ。

「はっ」

宗孝は畏まりつつ、御簾の隙間から室内へと身を滑らせた。

宣能と雅平、ふたりの近衛中将は向かい合って歓談中だった。どちらも親しげな笑みを宗孝に向けてくれる。

切れ長の目をした、﨟長《ろうた》けた風情の宣能をさやけき月に譬《たと》えるなら、目鼻立ちのはっきりした雅平はまさに太陽だろう。

雅平はその持ち前の明るさと積極性で、多くの恋人と浮き名を流している。怪異を追うことに終始して、浮いた噂のない宣能とは、その点でも対極にあった。にもかかわらず、仲はいい。趣は異なるものの、ともに魅惑的な貴公子であることは間違いない。

ふたりのきらびやかさに圧倒されながら、宗孝は頭を下げた。

「今宵《こよい》もまたお出かけになられるそうですが――」

「そうだよ。今宵は賀茂《かも》川沿いを歩こう。川沿いということしかわからないのだが、河原に生えた柳の木から、女の死霊《しりょう》がだらりとぶら下がって揺れているのを見たという話を聞いてね。もうすぐ夏も終わりそうだが、まだまだ暑い。冷えこんでくる前に、柳の死霊を探しに行くとしよう」

夜風に揺れる柳の枝の間から、だらりと下がった女の死霊。揺れる黒髪に縁取られた青白い顔まであざやかに想像してしまい、宗孝は鳥肌を立てた。

「や、柳の死霊ですか……」

「と思ったのだが、いまは別件について雅平から聞かされているところでね」

「別件？　宰相の中将さまから？」

宗孝は目を丸くして雅平をみつめた。雅平は女人にこそ関心があって、物の怪は忌避するのみという、平安貴族としては真っ当な嗜好《しこう》の持ち主だったからだ。

宗孝の訝《いぶか》しげな視線を受けつつ、雅平はうなずいた。

「実は、わたしの知人がこのところ、邸内で起こる怪異に悩まされていてね」

「知人……」

きっと女人なのだろうなぁと、宗孝は推察した。

「そのかたは、まだ若い身空で背の君《せきみ》に死に別れ、ひとり寂しく思い出の邸《やしき》を守っている身の上なのだが」

「やっぱり」

「何がやっぱりなのだ？」

「いえ、なんでもございません」

思ったことがそのまま口をついて出てきてしまい、宗孝はあわてて袖で口もとを覆った。宣能は宗孝が何を考えていたか見当がついたのだろう、くすくすと笑いながら、

「このところ、雅平はあちこちの恋人たちに不義理をしていたからね。埋め合わせをしなくてはとばかりに、彼女たちのもとを足繁《あししげ》く渡り歩いていたら、そのうちのひとりから相談事を持ちこまれたらしいよ」

「まあ、そうとも言えるかな」

雅平は悪びれた様子もなく、あっさりと認めた。宗孝も、なるほどなるほどと複数回うなずく。

「それが物の怪がらみの相談だったと……」

「そうなのだよ。彼女いわく、誰もいない厨《くりや》で夜な夜な奇怪な事が起こるらしい」

「奇怪な事？」

「夜中に何者かが厨で暴れているような物音が聞こえてくるのだそうだ。すわ夜盗かと様子を見に行くも、それらしき人物はもちろん、押し入られた形跡もない。その代わり、棚に置かれていた鍋や釜が派手にひっくり返っているのだとか」

「鼠《ねずみ》では？」

宗孝が現実的な理由をつけようとすると、雅平はもったいぶった調子で首を横に振った。

「その家では唐猫《からねこ》が飼われていて、もうずっと鼠は出ていないらしい」

「では、その猫が厨で遊んでいたのではありませんか？」

「普段は首に紐《ひも》をつけているし、意味もなく騒ぐ猫ではないと飼い主が言うのだよ。まあ、わたしが思うに――」

雅平はふっと苦笑し、密な睫毛《まつげ》を悩ましげに揺らした。

「待ち焦がれていた恋人がやっと来てくれた。嬉しさのあまり、少しでも長く引き留めようと懸命に話を考えたのではないかな。そこまで彼女を追い詰めてしまうとは、わたしも罪なことをしたものだ……」

それはどうでしょうと宗孝も言ってみたかったが、雅平が女人にモテるのは事実。物の怪の仕業であるよりも、未亡人が浮気な恋人を引き留めようとして虚言を弄したと考えるほうが平和でもある。ぜひ、そうであってくれと宗孝は願ったが、

「いや、違うな」

雅平の意見をぶった切り、宣能が胸を張って私見を述べた。

「それはきっと付喪神《つくもがみ》の仕業だとも」

付喪神とは、百年を経て魂を得た器物の妖怪である。物の怪の仕業だと嬉々《きき》として主張する宣能に、雅平は困惑の視線を向けた。

「うん、まあ、それも考えたらしいよ。で、陰陽師を招いて魔祓《まばら》いの祈禱《きとう》を頼んだのだ

が、一向に効果がないらしい。やはり、もっと徳の高い僧侶に頼るべきだったかと相談されてね。そういう伝手《つて》がないでもないが、すぐの手配も難しくて」

「では、徳の高い僧侶とやらの手配が整う前に、わたしと右兵衛佐が怪異の正体を見極めてやろう。よければ今夜にでも――」

「いや、待て待て。そう、あせるな」

気を逸《はや》らせる宣能を、雅平は押しとどめた。

「あちらの都合もあるのだ。明日の夜、また逢う約束を取り付けているから、できれば明日にしてくれないか」

「わかった。では、明日さっそく右兵衛佐と赴こう」

目の前でとんとんと予定が立てられていく。宗孝が口を挟む隙もない。

「もうすでに、わたしの同行は決まっているのですね……」

「おや、厭《いや》なのかい?」

物の怪が出る家に好んで向かう者は少ない。宗孝もできれば遠慮したかった。しかし、宣能から真っ直《ま》ぐ《す》な視線を向けられ、「厭なのかい?」と問われて「はい、厭です」とは言えない。

「いいえ。明日も今宵も喜んでお供いたしますとも」

仕方がないなぁと思いつつ、宗孝は頭《こうべ》を垂れて恭順の意を示した。喜んでと言ったのも、あながち嘘《うそ》ではない。行動をともにすること自体に異論はないのだ。

その点は通じたのか、それとも心はすでに新たな物の怪へと向かっているのか、宣能は至極満足げに目を細める。

「さあ、明日の手筈《てはず》も整ったところで、今宵は柳の死霊に期待するとしようか」

「はいはい……」

宣能とは逆に、今宵も真の怪ではなく、贋《にせ》の怪でありますようにと宗孝は心から願っていた。


陽が落ちて、右大臣家の庭には虫の音が響き始めた。

星よりも幽《かそ》けき釣燈籠《つりどうろう》の光のもと、九の姉が角盥《つのだらい》を両手に抱えて歩いていく。角盥は普通、朝の洗顔用の水を張るもので、宵には出番がないはず。だが、初草が熱を出したため、急遽《きゅうきょ》、必要になった。

「お待たせいたしました、姫さま」

褥《しとね》に臥《ふ》せっていた初草が薄く目をあけ、淡く微笑みかけてきた。

「……少し眠っていたみたい」

「慣れない作業で疲れたのですから仕方がありませんわ。わたくしももっと気を廻すべきでしたのに……」

　石を透かして文字を見る作業に熱が入りすぎ、目は痛み出し、首や肩は凝り固まり、ついには本当に熱が出てしまったのだ。

「九重は悪くないわ。わたしが夢中になりすぎたせいよ。だって、だって――」

　初草は夜具を引き寄せ、恥ずかしそうに顔半分を隠してつぶやいた。

「五の君が貸してくださった石がどれもとてもきれいで、文字の見えようが変わっていくのも面白くて……」

「だからといって、熱が出るまで励むのはやりすぎでしたわね」

　九の姉は枕もとに置いた角盥の水で布を湿らせ、初草の額にあてがった。ふうっと小さなため息が初草の口をついて出る。

「気持ちいい……」

「それはようございました。ところで、夕餉《ゆうげ》は無理そうですか？　少しでも何か口にされたほうがよいように思うのですが」

「あとでね。いまはもう少し眠らせて……」

　そう言う端から、あくびが出る。まぶたがとろとろと下がっていく。たちまち、初草は眠りの淵《ふち》へと再び落ちていった。九の姉は少女のあどけない寝顔をしばし見守り、大丈夫そうだと判断して、そっと退室した。

熱まで出させてしまったのは失敗だったが、五の姉の試み自体は悪くなさそうで、

(よかったこと……)

そう思いながら、九の姉が簀子縁を渡っていると——不意に人影が目の前に立ちふさがった。九の姉はあっと声をあげ、顔を片袖で覆ってその場にくずおれる。

「だ、誰か」

おろおろする彼女の耳に、笑いを含んだ低音が届いた。

「驚かせてしまったようだな。わたしだよ」

「えっ……」

九の姉が袖を降ろして顔を上げると、この邸のあるじ、初草や宣能の父である右大臣がそこに立っていた。宮中から戻ってきたばかりらしく、黒い袍《ほう》と垂纓《すいえい》の冠が宵闇に馴染み、夜の王がそこにたたずんでいるかのようだ。すだく虫の声すらも、王の降臨を讃《さん》美《び》しているように聞こえてしまう。

九の姉はホッと息をついて身を起こした。

「お帰りでしたのに、気づきませんで申し訳ありません……」

「初草が熱を出したと家人《けにん》たちから聞いたが」

「はい。そのことに関しましては、わたくしに責があります」

叱責を覚悟して、九の姉は身を固くした。何しろ、初草は右大臣家の唯一の女児。彼

女が東宮の妃となり、皇子《みこ》を儲けられるか否かで、家の未来そのものが決定するのだ。ある意味、跡取り息子よりも大事な掌中の珠《たま》と言える。その姫君の健康を害したと見做《みな》されれば、邸を抛《ほう》り出《だ》されたとしても文句はつけられない。

しかし、右大臣は非難がましさを一切感じさせない気楽な口調で、

「では、事の次第を部屋で聞かせてもらおうかな。酒の用意も頼む」

そう告げ、広い背を向けて簀子縁を歩み始めた。九の姉は「はい」と慎《つつ》ましやかに返答し、晩酌の支度をしに厨へと急ぐ。

ほどなく、酒と肴《さかな》を盛った膳を抱えて、九の姉は右大臣の私室へと入った。

右大臣は袍から狩衣《かりぎぬ》へ、冠から立烏帽子《たてえぼし》へと気楽な装いに替えて、脇息《きょうそく》にもたれかかっていた。そうしてくつろいでいる姿には、初老と称される四十を超えてもなお、大人の色香が薫る。宣能の母である正妻とも、初草の母とも死別し、特に妻は定めていない彼だが、通う場所には事欠くまい。

家の女房として右大臣に引き抜かれたとき、九の姉も内心、側女《そばめ》として求められるやもと考えなくはなかった。それでも構いはしないと一時期、自暴自棄になっていたのだが――いまのところ、そのような関係には至っていない。

右大臣に酌をしながら、九の姉は昼間の出来事を話し始めた。

「今日はわたくしの五番目の姉が参りまして、例のことを試みさせていただきました」

初草が文字を読めるようになる工夫を、五の姉に考案してもらう。その話はすでに右大臣に通してあったのだ。

今日の成果とこのあとの計画をも、九の姉はつぶさに報告した。右大臣は、なるほどとつぶやいては静かに盃《さかずき》を傾けていく。

「色つきの石を透かして文字を見る、か……。面白いことを考えつく」

「ええ。でも、先を急いではなりませんわね。熱中するあまり、姫さまが熱を出してしまわれて。石をかざしたままの姿勢をずっと続けているのもよろしくなかったのでしょう。首や肩が固く凝って、本当におかわいそうでした。これからはそのようなことにならぬよう、時間を区切って試していただこうと思います。姉も、身体《からだ》に余計な負担が掛からぬような工夫を考えてみると申しておりました」

「――九重に任せておけば、万事問題ないようだな。ふむ。わが家の倉にも使える石が眠っているやもしれない。五の君に見てもらって、加工できそうな石があれば好きに持っていくよう伝えておくれ」

「そんな、よろしいのでございますか」

「ああ。仕舞いこんでいるよりは数段いい」

「ありがとうございます。姫さまも父君のお気遣いを、さぞやお喜びになりましょう」

どこかぎこちない親子の間柄がこれで好転するかもしれないと、九の姉ははしゃいだ

が、右大臣はあくまでも平静に、

「文字から書き手の心情を知る能力も使いようがなくはないが、東宮妃には必要あるまい。普通に読み書きができる妃のほうが、世間も受《う》け容《い》れやすかろう」

大貴族の家長が娘に望むのは、婚姻により皇家との繋《つな》がりを強固にすること。そこに当人同士の意志が入る余地はない。非情に見えるかもしれないが、そうしなくては最悪の場合、政争に敗れて家の存続そのものが危うくなる。一族のみならず、彼らに仕える者たちの暮らしも立ち行かなくなるのだ。恋や愛を第一義とする余裕は、残念ながらこの時代にはまだなかった。

「……お父上は姫さまの将来のことを思ってお家の宝物《ほうもつ》を放出してくださったのだと、そうお話ししておきますわ」

言葉を飾ったのではなく、それが事実なのだからと信じて、九の姉は告げた。気持ちが通じたのか、右大臣の口角が少しだけ上がる。

「そなたを初草の女房にして正解だったな」

「そうなのですか？　わたくしはてっきり、大事な姫さまに熱を出させてしまって、お叱りを受けるものと覚悟しておりましたが」

「臥せりがちだったあれに舞を教え、健やかさを取り戻させてくれたのだ。こたびの熱もすぐに下がるだろう」

そう言われると、得意としている舞まで認めてもらえた気がして、誇らしさが九の姉の胸に湧いてきた。不平不満を抱えて夫の帰りを待っていた主婦が、思いがけない面倒に巻きこまれ、二転三転して宮中に身を置くことになったものの、そこでも居場所をなくして途方に暮れていたのが遠い昔のようだ。

「わたくしも姫さまの女房にしていただいて、本当にようございましたわ。殿がみつけてくださらなかったら、どうなっておりましたことか……」

ふふっと右大臣は小さく笑った。

「わたしはきっと、ひとり隠れて泣いている女人に弱いのだろうな。物陰で泣いていたそなたに、初草の母を初めて垣間見《かいまみ》たときのことを思い出したらしい」

「初草の君の？」

「ああ。あの頃——まだ存命だった母から、父が新しく囲った女の様子を探ってきて欲しいと頼まれたのだ。とるに足らない身分の低い女に、わざわざ家を与えるほど父が入れこんでいるのが、よほど癪《しやく》に障《さわ》ったようでね。わたしは二十歳《はたち》を過ぎていて、すでに妻も子もいて、いまさら親のそのような揉め事に関わりたくはなかったのだが、老境の父がしたたかな女にたらしこまれているのであれば見過ごしにもできないと思って、行ったのだよ。あのひとの家に」

思いがけない告白が唐突に始まり、九の姉は目を瞠《みは》った。右大臣は九の姉ではなく盃の中の酒に視線を落として、淡々と語っていく。

「夜にまぎれ、塀の陰から中の様子をうかがうと、あのひとは簀子縁から月を見上げて忍び泣いていた。声を殺して切なげに泣くのだよ。何をそのように嘆くことがあるのかと気になって気になって、それ以来、あのひとの泣き顔が頭から離れなくなった。だから調べ、知ったのだ。あのひとは夫に死なれ、夫との間の子も行方知れずとなり、途方に暮れていたときに父に求められ、やむなく囲われ者になったのだと」

右大臣が盃の酒をあおった。からになった盃に、九の姉がすかさず酒を注《つ》ぐ。

「——わたしより十近く年が上で、父の囲われ者で。それでも気持ちは抑えがたく、秘かに文を送った。あのひとは驚いて、返事もくれなかったが、それでもわたしは初めて恋を知った少年のように文を送り続けた。迷惑がられているのは百も承知でね」

「その文が……屏風《びょうぶ》の中に隠してあったのですね」

「屏風の中に」

「はい。姫さまの亡き母上の屏風の中に昔の文の束が隠されていたのを、宣能さまがみつけられて。それを姫さまが慕わしく眺めていらしたのを……、殿が奪って焼き捨ててしまわれたと聞き及んでおりますが」

そのせいで初草は深く傷つき、臥せりがちになった。九の姉が女房として引き抜かれたのは、そんな初草の世話をするためでもあったのだ。

右大臣は初草の件には触れず、

「てっきり焼き捨てられたものと思っていたのだよ。驚きもしたし、それ以上に羞恥《しゅうち》がまさってね。まさか、あのひとも文を取っていてくれたとは」

「……も？」

もしや、当時の文を殿も大事に隠し持っているのか。無礼を承知で確認すべきかと迷い、九の姉は酒器を持つ手を震わせた。そんな彼女を置き去りに、右大臣の昔語りは続く。

「母が亡くなり、父も亡くなり、一切の障壁がなくなって、わたしがあのひとを妻にしたのは、泣き顔を垣間見た夜から十年が過ぎていた。けれども、ともに過ごせた時は短くて、すぐに初草が生まれ、あのひとは産褥《さんじょく》で命を落とした。薄い縁だったと言うべきか、それとも姫を得るほど深い縁だったと言うべきか……」

どこか自嘲気味のつぶやきは、右大臣の心がいまだ亡きひとに囚《とら》われていることを示していた。物陰で泣いていた九の姉に彼が声をかけたのも、本当に過去が影響していた可能性が否めなくなる。

（もしかして、このかたが近寄りがたい雰囲気を漂わせているのはわざと？　隙を見せれば足をすくわれかねない宮中で、大貴族の家長として生き抜くための方便であって、本当は純粋すぎるその御心を隠すために――）

九の姉はそんな想像をめぐらせてみた。が、よいように考えすぎているような気もするし、そうなのですかと面と向かって問うわけにもいかない。

「そのかたとのことを……姫さまにお話しすべきではありませんか？」

おそるおそる申し出てみたが、

「まだ早かろう」

考える余地もなく却下されて、九の姉はそれ以上は何も言えなくなった。

右大臣もそれきり、黙って盃を傾ける。その場に流れていくのは、庭から洩《も》れ聞こえる虫の声ばかりであった。


燈台《とうだい》の灯《とも》し火が、御簾のむこうに座している貴婦人の憂い顔を照らしている。青（後世の緑）と濃紫《こむらさき》を重ねた夏萩《なつはぎ》の袿をまとい、その腕には真っ白な唐猫がおとなしく抱かれている。

御簾越しにぼんやりと透けて見えるたたずまいだけでも、なかなかの風情があって、

（さすが、宰相の中将さまの恋人だけのことはあるなぁ）

と、宗孝は妙な点に感心していた。

昨夜の怪異探しは完全に空振りで、宗孝と宣能は賀茂川沿いを無駄に何往復もしただ

けで終わってしまった。その分を取り戻そうと宣能はいつも以上に気合いを入れ、宗孝を連れ、雅平に案内されて、この邸を訪れていた。

雅平の数ある恋人たちのひとり——邸の女主人でもある未亡人は、ふたりきりの逢瀬《おうせ》を持てると期待していたのに、彼が知己を伴って現れたことに、少々困惑している体《てい》だ。

「おいでくださったのは嬉しく思いますわ。でも、どうお話しすればいいものか……」

言葉を濁す未亡人に、雅平が「わたしに語った通りに聞かせてやって欲しいのだよ」と気軽くねだった。

「何しろ、こちらの御仁は〈ばけもの好む中将〉と呼ばれるほどの怪異好きでね。そちらの方面では目利きでもある。もしかしたら、陰陽師や僧侶に頼るまでもなく、彼が怪異の正体を暴いてくれるかもしれないよ」

「まあ、そのようなことがおできになるので？」

興味を引かれたらしく、未亡人は前に身を乗り出してきた。腕の中の猫も、目を丸くして宣能を凝視する。期待と好奇の視線を受け、宣能は苦笑して扇を軽く揺らした。

「わたしに魔を祓う力などありませんよ。ただ、怪が生じたと聞くと捨て置けなくて。あらかたのことは宰相の中将から聞いておりますが、よろしければ当事者として話してはくださいませんでしょうか」

雅平とはまた違う魅力にあふれた公達《きんだち》に、魅惑的な低音でねだられて断れるはずもない。

「そうおっしゃるのでしたら。あれが始まったのは、急に暑くなってきた夜のことでありました――」

夜中の厨で、がらんがらんと物が転がり落ちるような音が聞こえてくる。すわ夜盗かと家人が駆けつけるも、誰もいないし、押し入られた形跡もない。ただ、きちんと片づけていたはずの鍋や道具類が派手にひっくり返っていた。――と、雅平が語った内容とほぼ変わりはない。

「鼠かもと言う者もおりましたが、わが家ではこの猫を飼い始めた折から、鼠は一匹も見かけません。猫にもずっと紐をつけておりますし、首に鈴もついておりますから、騒げば音でわかります。だから、この子のいたずらでもないのです」

未亡人が言う通り、猫の首には赤い紐が巻かれ、小さな鈴がぶら下がっていた。自分のことが話題にのぼったと理解しているのか、ねう……、ねう……と猫が甘えるように鳴く。

雅平がおかしそうに言った。

「猫のほうは物の怪など気にしていないようだね。そんなことよりもと、あなたの気持ちを代弁して『寝《ね》う、寝う』と鳴いているよ」

寝よう、寝ようと誘っている、との意味だ。未亡人は赤くなった頬を袖で隠し、

「いやですわ。お友達の前でそのようなことをおっしゃるなんて」

と恥じらった。聞いている宗孝まで恥ずかしくなってくる。宣能はただ、にこにこしている。彼の心はすでに厨の怪異へと向かっているらしい。

「では、わたしと右兵衛佐は厨の近くに身をひそめるといたしましょう。雅平も来るのかな?」

宣能がとってつけたように尋ねると、案の定、雅平は首を横に振った。

「わたしは行かないよ。おびえているこのひとを守ってあげなくてはならないからね」

本当は物の怪が怖いだけなのに、首の角度まで無意味に変えて色男然とした台詞《せりふ》を言い放つ。宣能と宗孝は、はいはいと聞き流した。未亡人だけはすっかり騙《だま》され、嬉しそうにしている。

盛りあがる恋人たちには好きにさせて、宗孝と宣能は厨へと向かった。厨はさして広くはないものの、鍋や釜は整然と棚に並べられ、清潔に保たれていた。これといった怪しい気配も感じられない、普通の厨だ。

身を隠せそうな場所もなかったので、宗孝たちは庭に降り、前栽《せんざい》の陰にしゃがみこんだ。あたりはすっかり夜の帳《とばり》に包まれて、宗孝たちの姿も都合よく覆い隠してくれる。りんりんと虫の声が響いているので、普通に会話をしていても支障はさほどない。

「本当に付喪神なのでしょうか」

膝を抱えた姿勢で宗孝がつぶやくと、すぐ隣の宣能が言った。

「器物が化けるという話はよく聞くよ」

「ですが、先ほど厨を見廻したところ、百年を経たような古めかしい鍋釜はなかった気がしますが」

「おやおや。この頃、妙に理屈くさいことを言うようになったね」

いたずらに怖がるだけでなく、理性的に物事を捉えようと心がけるようになったせいだが、改めてそう指摘されると恥ずかしさがこみあげてきた。

「すみません、賢《さか》しげなことを申しました……」

「理性を働かせるのが悪いとは言わないよ。ただし、怪異に限らず何事も、最初からこうと決めてかからないほうがいい。自分で作った筋道しか見えなくなって、大事な事柄を見落としかねないからね」

「なるほど。では、付喪神だと最初から決めてかかるのも危ういかと……」

さり気なく、物の怪ではない方向へ宣能の思考を誘導しようとしたのだが、その甲斐《かい》もなく、

「うん。もしかしたら鬼かもしれない。鬼はね、そもそもが精霊《しょうりょう》全般のことを指したのであって、角や牙のある赤ら顔の大男とは限らないからね」

宣能は嬉々として持論を展開させ始めた。

「前にも聞かせたかもしれないが、いまは昔、板のように平べったい鬼が、油断して寝入っていた武士をぺしゃんこに押し潰して殺した、なんて話も伝わっているからね。それから、小さな油の瓶《かめ》の姿をした鬼が、鍵穴からとある家に忍びこみ、その家の娘をとり殺したとか――」

「あの、あの、そういう不吉な話をかような暗がりで口にするのはいかがなものかと」

すぐ目の前に怪異の現場。あたりは真っ暗で、いつ物の怪が現れないとも限らない。怪を渇望する宣能にはそのほうが好都合だろうが、宗孝はできればご遠慮願いたかった。

「では、違う話をしようか。初草のことだが」

新たな話題に宗孝はすぐさま飛びついた。

「初草の君がいかがしましたか」

「昨夜、熱を出してね」

「そ、それは」

十一歳の少女の身を案じて、宗孝はいそがしく目をしばたたく。

「気遣いはいらないよ。朝には熱もすっかり下がっていたから」

「それはよかった……」

ほうっと安堵の息をつく宗孝を、宣能は好ましげに眺めつつ言った。

「昨日、九の君の招きで五の君がわが家に来て、初草と対面し、文字が普通に読めるようになる工夫を考案してくれたらしい」

「文字が普通に読めるようになる工夫を？」

「聞いていなかったのかい？」

「あ、はい。たまに逢ったり、文を送ったりと、互いのことを伝え合ってはいますが、昨日今日のことはまだ聞いておりませんでした」

五の姉の頭の良さは折り紙付きだ。そうか、五の姉上に頼ればよかったのかと、宗孝は目から鱗《うろこ》が落ちる思いだった。

「色つきの玻璃や琥珀を透かして文字を眺めると、文字の色と石の色とが混ざり合い、動きも抑え気味になって、文字そのものの形を見分けやすくなる――かもしれない、とのことだったな。石の色の濃さや厚みなど、工夫しなければならない点が多くて、本当に効果があるかどうかは、まだなんとも言えないらしいが、初草はすっかり熱中してね。それで無理をしすぎて熱を出したのだよ」

「そうだったのですか……」

墨文字に異なる色彩と動きとを見て、そこから書き手の心情をも読み取る、不思議な少女。繊細であると同時に、兄の語る怪異譚《かいいたん》に喜んで耳を傾けたり、宗孝たちとこっそり邸を抜け出たりと、かわいらしい冒険心も持ち合わせている。

宗孝も宣能を通じて初草と懇意になり、彼女のために絵巻物の読み聞かせなどをしていた。本来ならば未来の東宮妃に近づけるはずもないのだが、安心安全な話し相手として実兄に認めてもらえたのだろうなと、宗孝は勝手に解釈している。

「わたしが言うのもなんですが、五の姉ならば、きっといい方法を編み出してくれるでしょうね」

「ああ。父も倉の中の貴石を提供してくれるそうだし」

「右大臣さまが？　それはなんと心強い」

宗孝は思わず声をはずませたが、宣能の微妙な表情に気づき、口を押さえた。

右大臣は若かりし頃から公務でいそがしく、ほとんど家庭を顧みなかったらしい。初草の母との醜聞も、少年期の宣能にとっては厭《いと》わしいものだったに違いない。

その結果、宣能と父親との関係はぎくしゃくしたものになった。後継者としての自覚を求められて以来、親子の接点は明らかに増えているのに、気持ちの距離はいまだに縮まっていない。

どこの家にも何かしら問題はある。順風満帆に見える宗孝の家も、十二人いる異母姉妹全員が仲がいいとは言えないし、十番目の姉にいたっては、どこで何をしているのかも不明なのだ。時折、風のように現れては姉弟たちの危機を救ってくれるが、どうやら十の姉自身も厄介事を抱えているようで、宗孝は気が気でなかった。

「しかし、初草の君が文字を読めるようになりましたら、わたしの読み聞かせも用なしとなりますね」

宣能の気を右大臣から逸《そ》らそうとして言ってみたのだが、そうなったら寂しいな、との想いが宗孝の胸に湧いてきた。声に出したわけでもないのに、その気持ちを読み取ったのか、宣能が言う。

「そう簡単にはいくまいし、なったらなったで、きみが初草に読み書きを教授してくれると助かるのだが」

「わたしがですか？」

「迷惑だったかい？」

「いえ。わたしごときでよろしければ喜んで」

特に学問に秀でているわけではないが、簡単な読み書きなら自分でもきっと教えられるだろうと、宗孝は思った。何より、宣能兄妹に必要とされているのが嬉しかった。

「初草のように幼い者の世話は退屈かもしれないが」

試すように宣能が言うので、宗孝は力いっぱい首を横に振った。

「退屈だなどと、とんでもないです。わたしには姉が十二人もいるのに妹はひとりもおりません。初草の君といますと兄の心地が味わえて、ありがたく思っております」

「兄の心地か。まあ、そんなきみだから安心なのだが……」

宣能のつぶやきと重なって、厨の中からガシャンと物が落ちるような音が響いた。たちまち宣能の目が輝き、宗孝の眉間に力が入る。

「聞こえたかい？」

はい、と宗孝が応えるより早く、

「行ってみよう」

そう言って、宣能が前栽の陰から身を起こした。宗孝も彼のあとにすかさず続く。物の怪への恐怖心はあれど、中将さまを守らねば、との想いに突き動かされて。

そっと遣戸《やりど》をあけて、厨の中へと入る。外から射しこむ月の光で、床に転がっている鍋が見えた。事前に厨を覗いたときには、棚の上に並べられていたはずのものだ。もちろん、厨の中には誰もいない。

付喪神の仕業か――と、宗孝はぞっとした。太刀《たち》は携えてきているが、果たして物の怪相手に役に立つのかと不安を感じずにはいられない。

警戒の目を改めて周囲に向けると、視界の隅を何か小さなものが走った。振り返った彼の目が、床を走り抜ける黒い虫の姿を捉える。宗孝は悲鳴にも似た声を放った。

「あ、芥虫《あくたむし》！」

芥虫とはゴキブリのことだ。ゴミ芥にたかる虫といった意味合いで、平安の御代《みよ》でも嫌われていたのだと、その名称からも想像できる。

宗孝はただちに後ろに飛《と》び退《の》き、芥虫から距離をとった。宣能も同じような動作をしようとしかけて、寸前で足を止める。

大きめの笊《ざる》がザザザと床を滑っていったからだ。それだけならまだしも、笊は急に向きを変えて芥虫のあとを追っていく。これには宗孝も驚いた。

「笊の付喪神が芥虫を追っている？」

そうとしか見えなかった。

「素晴らしい。これはなかなか出遭えぬ光景だぞ」

宣能が喜び勇んで笊を追っていく。あれこれ疑問をいだくより先に、とりあえず目の前の椿事《ちんじ》を楽しもうというのだろう。

「お、お待ちください、中将さま！」

芥虫はもともと苦手だし、物の怪はなおさら苦手だ。本当は厨から逃げ出したいが、付喪神に入れこみすぎている宣能を抛《ほう》ってもおけない。宗孝は歯を食いしばって宣能を追い、その背中をわっしと摑《つか》んで引き止めた。

これは宣能も想定外だったのだろう。つるりと滑った彼の足が、先を走る笊を蹴り飛ばす。すると、笊の下から芥虫よりももっと黒い生き物が現れた。

猫だ。笊にすっぽり入りきれたほど痩せている。毛並みも悪く、野良であることは一目瞭然だった。

黒猫は宗孝たちを振り返ると、真っ赤な口をあけてシャッと怒りの声を吐いた。両の目は灯火《ともしび》のごとく黄色く光っている。

猫だとわかっても、その迫力に気圧《けお》されて宗孝はうわっと声をあげた。宣能も突然、出現した小さな獣に目を瞠る。

黒猫は素早く身を翻《ひるがえ》し、厨から飛び出した。芥虫のほうも、さっさと床板の隙間にもぐりこむ。

騒ぎを聞きつけ、雅平と未亡人、邸に仕える家人たちがちょうど駆けつけてきた。彼らは簀子縁で黒猫と出くわし、口々に悲鳴をあげた。

「も、物の怪か！」

「物の怪ですわ！」

「南無阿弥陀仏《なむあみだぶつ》！　南無阿弥陀仏！」

人間たちのけたたましさに猫のほうが驚いて、庭に飛び降り、前栽に身を隠した。

やれやれとため息をついて、宣能が雅平たちを迎えた。

「そう騒がずとも。残念ながら物の怪ではなかったのだから」

「本当か？」

息も荒く問い返す雅平に、宣能は微苦笑してうなずいた。

「器物の霊たる付喪神だと期待していたのだがね。野良らしき黒猫が笊をかぶって芥虫を追い廻していただけだったよ」

「笊をかぶって？」

「たまたま、そうなったのかな。芥虫に気づかれないように笊をかぶったのだとしたら、ただの猫ではなく魔物だったのだとしたいところだが、犬猫の中には存外、賢いものがいるからね。期待しすぎるのはやめておこう。夜な夜な、棚から鍋が落ちたり、物音が響いたりしていたのも、あの黒猫の仕業だったのだろうね」

宣能の口調にも態度にも、無念さがにじんでいる。少なくとも宗孝の目にはそう映った。雅平と未亡人、家人たちは物の怪ではなかったと知って露骨にホッとしている。

そんな人間たちの様子を、黒猫は暗がりからじっと見ていた。黄色い双眸《そうぼう》だけが闇に光る。ううぅと、くぐもったうなり声も聞こえてくる。

「なんておそろしい」

未亡人はおびえて雅平にすがりついた。怪異の正体は野良猫だと知った雅平は、余裕で未亡人の腰に腕を廻し、やに下がっている。

この騒ぎに誘われたかのように、ちろちろとか細い鈴の音をさせて、白い唐猫が簀子縁を渡ってきた。真っ白な毛並みは夜の闇をはじき、首に巻かれた赤い紐も美しい装飾品としか見えない。

途端に、庭の黒猫がうなるのをやめた。その視線が人間たちから唐猫へと移される。

ねう……、ねう……と、唐猫は庭に向かって小声で鳴いた。黒猫もそれに応じて、ねうねうと鳴く。先ほどのうなり声とはまるで違う、甘ったるい声で。

未亡人はあわてて唐猫を抱きあげた。

「わが家の猫を狙っているのですわ。なんて図々《ずうずう》しい。この子は殿上人《てんじょうびと》から拝領した、由緒正しき猫なのに」

やれやれと、宣能がため息をついた。

「本当のお目当ては唐猫。しかし、邸の奥に繋がれた飼い猫には容易に近づけず、厨で芥虫を追って憂さを晴らしていた――と、そんなところかな」

彼の見立てに、雅平が「うん、それだ。それだとも」と熱心に同意する。宗孝も控えめながら首を縦に振る。未亡人は家人たちを振り返り、

「誰か。あの野良を早く庭から追い出して」

語気も荒く命じた彼女を、雅平が優しく胸に抱き寄せた。

「そう怒らずに。ひとでさえ恋する心は抑えがたいものなのだと、あなたもよく知っているでしょうに。どうか彼を責めないでやってくれませんか」

色好みと噂に高い雅平は、猫の恋心を代弁して悩ましげにささやいた。立腹していた未亡人も、恋人の甘い吐息に耳朶《じだ》をくすぐられ、たちまち態度を軟化させる。

「仕方ありませんわね。あなたがそうおっしゃるのなら……」

その隙に、黒猫は前栽にもぐりこみ、いずこかへと走り去っていった。唐猫が未練が

ましげに鳴くも、返事はない。

唐猫と黒猫が相思相愛であることは、恋にうとい宗孝の目にも明らかだった。彼らの想いの成就が難しいであろうことも。宣能が今宵も当てがはずれてがっかりしていることも。

「怪異の正体もわかったことだし、わたしたちは帰るとしようか――」

宣能のつぶやきに、雅平が晴れ晴れとした笑顔で応える。

「ああ、御足労かけたね。今宵の礼は後日また」

怪事の憂いも消えたところで、未亡人と心ゆくまで語り合おうというのだろう。宣能も、付喪神が出ないとわかった以上、この家にはもう用はないとばかりに、さっさと退出していく。宗孝は急ぎ、そのあとに続いた。

夜道は暗かったが、怪異の正体に拍子抜けしたこともあって、宗孝もいつもほど怖いとは思わなかった。それよりも宣能が心配だった。

毎度毎度、彼は怪異にふられている。世に怪異譚は多く、遭遇する者は望まぬのにしっかりと遭遇している。なのに、どうして〈ばけもの好む中将〉には機会がめぐってこないのか。

（女人も追うと逃げるというし、怪異もまた、そうなのかもしれないなぁ）

と、わかったようなことを宗孝が考えていると、歩きながら宣能が独り言のようにつぶやいた。

「今宵も無駄足だったわけだ……」

月に向けた端整な横顔に哀感が漂っている。色香さえ感じられ、怪異にではなく恋に破れて悲嘆に暮れているように見えてしまう。なんとかしなくてはとの思いに駆られた宗孝は、

「無駄足ではありませんでしたよ。少なくとも、怪異におびえる未亡人を救ってさしあげたのですから」

精いっぱい頭を振りしぼって前向きな発言をしてみた。宣能は月から宗孝へと視線を移し、淡く微笑んだ。

「きみは優しいね」

その口調こそ優しくて、宗孝は妙に照れてしまう。

宣能の実家である右大臣邸は、意外に近かった。中門をくぐると、女房として仕える九の姉がさっそく出迎えてくれた。

「思ったより、お早いお帰りでしたね。今宵はいかがでした――」

ふたりの表情から訊くまでもないと悟ったのだろう、九の姉は語尾を呑みこみ、言い換えた。

「姫さまが兄上のお帰りをずっとお待ちですよ」

「今宵の首尾を聞きたがっているのだろう。だが、わたしはもう疲れたから、また明日に、と伝えておくれ。――それとも、右兵衛佐がわたしの代わりに話していってくれるかな」

「あ、はい。わたしでよろしければ」

「では頼むよ。今夜はありがとう。右兵衛佐も帰りは気をつけて」

疲労を隠せぬ口調でそう告げ、宣能は私室へと向かう。その後ろ姿を見送ってから、九の姉が宗孝に言った。

「またもや真の怪ではなかったのね」

「ええ、ありがたいことに。中将さまにはお気の毒なことですが。……ところで、初草の君が熱を出したそうですね」

「そうなのよ、いまはもうすっかりお元気だけれど」

「五の姉上が読み書きのできる工夫を考えてくれて、それに熱中しすぎたせいだと聞き及びましたが」

「中将さまから聞いたのね。あなたには文で伝えようと思っていたのよ。伝えるのが遅くなってごめんなさい」

「それは構いませんが、どのような具合なのですか」

「それがなかなかの手応えで。あまり無理はして欲しくないのだけれど、熱はもう下がったからと、いまも絵巻物に向き合っていらっしゃるわ。よかったら、姫さまに根を詰めすぎないよう言ってもらえないかしら。あなたの忠告なら聞いてくださるでしょうし」

「聞いてくださるかどうかはわかりませんけれど、言うだけは言ってみましょう」

九の姉に導かれて、宗孝は初草の部屋へと進んだ。まずは御簾越しに、九の姉が屋内へ声をかける。

「姫さま。よろしいですか？　わたくしの弟が参りましたが」

「宗孝さまが？」

御簾のむこうから初草のかわいらしい声がする。宗孝は自然と笑みを誘われていた。

「夜分に失礼いたします。中将さまがお帰りになりましたが、お疲れとのことでしたので、わたくしの弟が代わってお話ししたいと」

「わかったわ。入っていただいて」

では——と、宗孝は御簾を押しやり、入室した。

美麗な几帳《きちょう》に囲まれた中、絵巻物が幾つも広げられている。彩色もあざやかな絵巻に囲まれた、小袿姿の少女が振り返る。いつもの愛らしい初草の君——ではなかった。

なぜか、大きな笊を頭にすっぽりかぶっている。それだけならまだしも、笊の目の、ちょうど初草の目に当たる部分が、燈台の光を反射してぎらりぎらりと光り輝いたのだ。

その姿は物の怪としか言いようがなかった。

驚愕《きょうがく》のあまり、宗孝は悲鳴じみた声を放った。

「ざ、笄の付喪神！」

付喪神が出るという厨を訪れてきたばかりである。いよいよ本物が出て、ここに先廻りしてきたのかと思った途端、宗孝の全身に鳥肌が立った。

「つ、ついに物の怪が……」

わなわなと震えながら、付喪神の光る目を指差す。小袿を着た付喪神はぽかんと口をあけていたかと思うと、やにわに頭上の笄を脱ぎ捨てた。たちまち、宗孝のよく知る初草が姿を現す。

「えっ？　えっ？」

あっけにとられる宗孝の頭を、九の姉が後ろから平手ではたいた。

「馬鹿ね。あの笄は五の姉上の新たな工夫よ。石をかざした無理な姿勢を続けて、腕や肩に力が入りすぎないようにと考えて、石の板をはめた笄を用意してくれたのよ」

怪しく光っていたのは、笄の目にはめこまれた琥珀の薄い板であった。なるほど、これなら頭上の笄を固定しさえすれば、手ぶらでも琥珀越しの視野が維持できるだろう。

「も、申し訳ありません」

宗孝は真っ赤になって勘違いを詫《わ》びた。けれども、初草の眉間の皺は消えない。

「宗孝さまに物の怪呼ばわりされるとは、夢にも思っておりませんでしたわ」

「それはその、今宵の怪異が付喪神によるものだと聞いていたからで、結局のところ違ってはいたのですが、もしや先廻りをされたのかと。それほどまでに、ふたつの目がぎらぎらと光っておそろしく、まさかまさか、初草の君が笊をかぶっていようとは――」

おそろしいと言われ、よけいに気分を害してしまったのか、それとも恥ずかしかったのか、初草はぷいっとそっぽを向いた。

「知りません」

いくら謝っても、一向に振り向いてもらえない。宗孝は弱り果て、完全に頭を抱えてしまった。

当人たちは大真面目でも傍《はた》から見ればおかしくて、九の姉は懸命に笑いを圧《お》し殺していた。

季節の狭間《はざま》に

シュッ、シュッ、と軽やかな音を響かせ、飴《あめ》色をした丸い琥珀《こはく》が削られていく。夫のあざやかな手つきを、五の姉は感心して眺めていたが、

「あ、そこの角はもう少しなめらかにしてくださいな」

と注文をつけるのも忘れない。

三十路《みそじ》の妻よりずっと年上で、見た目は老人にも近い学者の夫は、すぐさま妻の要望を受《う》け容《い》れた。彼が手にしていた琥珀はさらに研磨されて、たちまち薄い板となっていく。

「これくらいでどうかな」

五の姉は夫から琥珀の板を受け取り、窓から入る陽《ひ》の光にかざしてみた。飴色の小さな板は光を透かし、きらきらと輝いている。そのまま頬ばれば、舌の上で甘くとろけてしまいそうだ。

「ええ、これならばよろしいかと」

「なかなか気を遣うね」

そう言ったのは、夫婦の作業を見物に来ていた繁成《しげなり》だった。

彼は四人いる近衛中将《このえのちゅうじょう》のひとり。帝《みかど》のそばに仕える蔵人《くろうど》の頭《とう》（長官）も兼任してい

るため、頭《とう》の中将と呼ばれている。真面目《まじめ》さと勤勉さでは、宮中でも一目置かれている好人物だ。その実直さを認められて、やんちゃな東宮《とうぐう》の御目付役をも仰《おお》せつかっていた。

五の姉の夫は文章博士《もんじょうはかせ》の職にあり、大学寮で学生《がくしょう》たちに教授するのが主な仕事だ。からくり造りは趣味の範疇《はんちゅう》のはずなのに、もはやその部屋は工房と呼んで差し支えないほど、工具や用途不明な機器が大量に並べられていた。妻の五の姉が考案した、伸縮自在の〈高枝切鋏《たかきえだきるはさみ》〉、踵部分《かかと》が削り落とされた〈脹脛細成浅沓《ふくらはぎほそくなるあさぐつ》〉も陳列されている。

繁成も聡明《そうめい》さゆえに、いろいろと工作をするのが好きだった。彼と五の姉夫婦の三人は、からくりの発案を通じて親交を深める発明仲間だったのだ。

「右大臣家の姫君がお使いになるのですからね。鋭い角で指を怪我《けが》されては大変ですわ。よくよく気をつけてくださいよ、あなた」

「ああ、わかっているとも」

注文の多い五の姉に対し、夫は口数が少ない。その代わり、繁成が好奇心いっぱいでいろいろと尋ねてくる。彼は石の薄い板がはめこまれた笊《ざる》を手に取り、しげしげと眺めた。

「なるほど、これさえかぶっていれば、長時間、石をかざす手間もなくなると。面白いことを考えられる。着想はどこから?」

「特にどこからというわけではありませんが、もしかしたら外出時にかぶる市女笠《いちめがさ》からかもしれませんね」

「面白い。女人ならではの発想だな」

「ですが――」

五の姉は、初草《はつくさ》が宗孝《むねたか》から物《もの》の怪《け》呼ばわりされた一件を語った。繁成は苦笑し、夫は腕組みして考えこむ。

「やはり、笊ではいけなかったか」

「いけなくはないとは思います。けれど、〈笊かぶりの姫君〉などと噂《うわさ》が立ってしまうのも困りものかと。姫さま御自身は、『〈笊かぶりの姫君〉で構わない』と気丈に言っておられるそうですけれどね」

「〈ばけもの好む中将〉の妹君は〈笊かぶりの姫君〉か……」

苦笑しながらつぶやいた繁成は、次の瞬間、ぴんと指をはじいた。

「そうだ。笊よりも小さなもので板を固定してはどうだろうか」

「と言いますと?」と、学者夫婦が声をそろえる。

繁成は部屋の中を見廻《みまわ》し、手近なところにあった細工用の竹ひごを二本、手に取った。

「この二本の竹ひごを顔の形に沿って湾曲させ、間に薄い石の板を挟んで固定する。その状態の竹ひごを耳にかけてもらい、両目の前に石の板が来るようにする。それならば、ずっと石を手に持っていなくとも済む。笊をかぶるよりも軽い上に、石の位置もより安定するのではないかな」

後の世でいうサングラスに近いもの――それも細身でスタイリッシュな――を、繁成は考案したのだ。

学者の夫はさっそく竹ひごの調整を始めた。五の姉もすっかり感心して、

「さすがは頭の中将さま。素晴らしいお考えですわ」

「いやいや、一からこの方法を考えついたあなたがたには遠く及ばないとも」

「いえいえ、たまたま愚息が集めた石があったから思いついたまでで」

「とは申せ、発想が違う。あなたがたにはいつも感心させられてばかりだ」

しきりに謙遜し合うふたりは、自分たちをじっとみつめる何者かの存在にまったく気づいていなかった。

工房の外に、それはいた。梔子色《くちなし》（梔子の実で染めた黄色）の衣を頭からかぶった、被衣《かつぎ》姿の女人だ。建物の陰に身をひそめ、格子窓の隙間から中を覗《のぞ》いている。

彼女は繁成の妻であった。夫が学者夫妻のところに足繁《あししげ》く通っているのを怪しんだ挙げ句、「もしや、あちらの奥方と尋常でない仲になっているのでは……」との疑いをいだくようになり、夫をつけ廻していたのだ。

真面目一辺倒の繁成は、まさか自分が浮気を疑われるとは夢にも思わない。妻の監視にも、まったく気づいてはいない。

　ああ、やっぱり——と小さくつぶやいて、彼女は格子窓からそっと身を離した。

　屋内には五の姉と繁成のほかに、五の姉の夫もいたのに、そちらはまるで目に入っていなかった。自分の夫が、地味ではあるが賢そうな女人と、まるで理解できない話に興じている。あんな楽しげなお顔、わたくしには見せてくれないのに——と、そんな悲嘆で頭がいっぱいになっていたのだ。

　邸《やしき》に帰り着くと、家の女房たちがあわてた体《てい》で迎えてくれた。

「また、おひとりで出かけられていたのですね。都はこのところ昼間でも物騒ですのに、どうして、そのような無理ばかりをなさるのですか」

　奥方の身に万一のことがあってはと、女房たちが憤慨するのも当然であった。しかし、そんな言葉も言われるほうの耳には入らない。

「いいから、荷造りを始めてちょうだい」

「荷造りですか？　お帰りになったばかりですのに、どちらかへ、またおいでになるのですか？」

「ええ。実家に帰るのよ。殿がお戻りになる前に、急いで支度をしてちょうだいな」

　奥方の表情から、これはただの実家詣でではないぞと悟ったのだろう。女房たちの口から、次々に悲鳴に似た声が放たれた。

「御方《おかた》さま、どうなさいました」

「落ち着いてくださいませ。いったい何が」

奥方はどんと床板を踏み鳴らした。女房たちがびくりとして黙った隙に、髪を振り乱して吼《ほ》える。

「こんな虚《むな》しい暮らしを、もう続けてはいられないわ。帰るわ。帰るのよ」

「お、御方さま」

なだめすかそうにも、まるで耳を貸してはもらえない。女房たちは戸惑いながらも、奥方の命ずるままに荷造りを始めざるを得なかった。


未来の帝、東宮が住まう東宮御所《ごしょ》の一室――

今年数えの十三歳となる東宮は、まだ元服前。長い髪をふたつに分けた角髪《みずら》に結って、見た目はなかなか利発そうな童《わらわ》だ。文机《ふづくえ》に肘をついて、ふうっ……とため息をつく姿は、精いっぱい大人ぶろうとしているようにも見えなくはない。しかし、当人はいたって本気の悩みを抱えていた。

屋内から庭の草木をみつめ、彼はいまの気持ちを古歌に載せてつぶやいた。

「夏草のしげき思ひは蚊遣火《かやりび》の下にのみこそ燃えわたりけれ……」

夏草のごとく広がるわたしの恋心は、蚊遣り火のように誰にも知られずに燃え続けている——といった意味になる。幼い東宮は恋に身を焦がしていたのだ。

相手は権大納言《ごんだいなごん》の末娘。十二番目の子なので、家族からは十二の君と呼ばれている。年は十九か、二十歳《はたち》ぐらい。

お忍びの最中だった東宮は、十二の君に対し、身分を隠して春若《はるわか》と名乗った。そしてともに冒険を重ねていくうちに、闊達《かったつ》で歯に衣《きぬ》を着せぬ彼女に魅せられたのだ。

東宮こと春若は十二の君に真白《ましろ》と呼び名を授け、身分を隠したまま恋文を送り続けた。彼女——年上の真白に無邪気な児戯とあしらわれ続けても、めげずに。そして先日、恋心募るあまり、当人の面前で「わたしの妻は未来永劫《えいごう》、真白ひとりだ」と宣言したのである。

誓いに偽りはない。が、それを実行に移す困難さは、あとになってひたひたと春若に迫ってきた。

春若にはすでに結婚相手が定められている。従妹《いとこ》の初草だ。伯父《おじ》の右大臣、母の弘徽《こき》殿《でん》の女御《にょうご》が初草の入内《じゅだい》を推しており、これを覆すのは非常に難しい。

もちろん、この時代は一夫多妻が普通であり、初草と真白を同時に入内させることは可能だ。しかし、それでは「未来永劫、真白ひとり」の誓いが果たせなくなる。真心を真白に示せなくなる。

「なんと障壁の多い恋であることか……」

憂いに沈む春若のもとに、ぱたぱたと軽やかな足音を響かせて、同い年ほどの童が駆けこんできた。小舎人童《こどねりわらわ》の小桜丸《こざくらまる》だ。長い髪を後ろでひとつに束ね、仔犬《こいぬ》のような愛らしい顔立ちをしている。

「失礼いたします、宮さま」

跳ねるように入室してきた小桜丸は、春若の憂鬱《ゆううつ》そうな様子を目にして眉を寄せた。

「どうされました。お加減が悪いのですか?」

「悪いというほどでもないが、よくなりようもない……」

ふうっとため息を重ねて、春若は角髪を左右に振った。

「わたしの恋はどうしたら叶《かな》うのか。どうすれば、この熱き想《おも》いは通じるのか――」

「またそのような気弱なことを。真白の君にはっきりと仰せになったのでしょう? 『わたしの妻は未来永劫、真白ひとりだ』と。でしたらば、宮さまの恋心はまごうことなく伝わっておりますとも」

東宮の秘密の恋をいちばん近くから見守ってきた小桜丸は、自信を持って断言してくれた。その忠誠心の厚さに春若はほろりとしかけたが、

「ですが……この恋は難しいですね」

小桜丸が一転、弱気な発言を口にすると、たちまち春若の表情は険しくなった。

「何が難しいのだ。よもや、小桜丸はわたしの本気を疑っておるのではあるまいな」

「そんな、滅相もありません」

　春若に怖い顔で睨《にら》みつけられ、小桜丸はその細い肩をぶるっと震わせた。

「おふたりの仲立ちを何度も務めましたわたしですから、宮さまの本気は誰よりも存じております。ですが、日嗣《ひつぎ》の皇子《みこ》たるかたの妃《きさき》がひとりきりでは、おのが娘の入内を望む臣下たちも納得しかねましょう。そうでなくとも、弘徽殿の女御さまが、真白の君の姉君たる、梨壺《なしつぼ》の更衣《こうい》さまを目の敵《かたき》にしておられますし……」

「そのようなこと、おまえに言われずともわかっておるわ」

　見たくない現実を並べ立てる小桜丸を、春若は歯を剝《む》き黙らせた。が、気まずい沈黙も、このふたりの間では長く続かない。

「ところで──頭の中将は遅いな。今日、来ると言っておったのに。ま、来ずとも一向に構わぬのだが」

「そう、そのことなのですが、たったいま頭の中将さまから文《ふみ》が届きまして」

　小桜丸はあわてて文を取り出した。そもそも、これを春若に届けるために簀子縁《すのこえん》を走ってきたのだ。

　受け取った春若は文面に目を通して、ふふんと鼻を鳴らした。

「夢見が悪かったので陰陽師《おんみようじ》に占わせたところ、しばし身を慎むよう勧められたので、東宮御所への参内《さんだい》が叶わなくなったそうだ。物忌《ものい》みか。うむうむ、好きなだけ慎むがいいと、小桜丸、代わりに返事を書いておいてくれ」

「はい、それは構いませんが――」

「が？」

小桜丸の含みのある口調に気づき、春若は先を促した。小桜丸はその必要もないのに、ひそひそ声で応える。

「文使いの話によりますと、物忌みとは建前。本当は、奥方が実家へ帰ってしまわれたので、なんとか連れ戻そうと出かけられたのだとか」

「奥方が実家に？　なぜだ？」

「どうやら浮気を疑われたようで」

「浮気？　あの堅物《かたぶつ》が？」

春若は目を丸くしてから、ぬはははと不謹慎な笑いをほとばしらせた。

「あり得ぬ、あり得ぬ。宰相《さいしょう》の中将ならばともかく、真面目一辺倒の頭の中将が浮気なぞするものか」

「まわりの者も皆、そのように申しているそうですが、当の奥方はすっかり疑心暗鬼になっているとかで」

繁成の災難を知って、くくくと春若は笑い続ける。

「そうかそうか、あのお堅い頭の中将がなぁ。奥方に愛想をつかされて、あわてる顔が目に浮かぶようだぞ。よい気味だ。ひとの心の機微を解さぬ朴念仁《ぼくねんじん》ゆえに、そういうことになるのだ」

御目付役の繁成にいつもお小言を食らっている分、ここぞとばかりに春若は毒を吐いた。小桜丸は主人に同調すべきか、それとも繁成に同情すべきか迷って、どっちつかずに眉尻を下げている。

「まあ、その、頭の中将さまにはお気の毒ですが、これで東宮さまも少しは羽をのばせられましょう。いまのうちに真白の君へ文など書かれてはいかがですか？」

「ああ、うん、文はもちろんだが……」

繁成の不幸を喜んでいた春若は、おのれの抱える問題を思い出し、眉宇《びう》を曇らせた。

「なあ、小桜丸よ。初草との結婚を反故《ほご》にするような策はないものかな」

「それは……」

突きつけられた無理難題に、小桜丸も言葉を濁らせる。

「たとえばだ——初草に別の男ができて醜聞が広まり、入内が取りやめになる、などということは起こらぬだろうか」

「初草の君に限って、それはありますまい」

だな、と春若もすぐに前言を撤回した。

「万々が一あったとしても、右大臣さまが握り潰しておしまいになるでしょう」

「わかっておるわ。初草との縁はなかなか断ち切れるものではない。しかし、それではあの誓いが果たせなくなるのだ。ああ、なんとしたことか」

苛《いら》だちが高じた春若は、癇癪《かんしゃく》を起こした駄々っ子のように手足をばたつかせた。彼を諌《いさ》める役の繁成はここにはいない。小桜丸がひとりで困っていると、春若は唐突にばたつくのをやめ、思い詰めた口調で言った。

「やはりここは、神仏にすがるしかあるまい」

「神仏に」

「ああ。われらには残念ながら策がない。こういうときこそ神頼みだ。駄目でもともと。小桜丸よ、縁切りに効用ありとの神社仏閣はないか、探してはくれまいか」

「それはつまり、初草の君との縁切りを願うわけですね」

「ああ、頼む。頭の中将が奥方にかまけている、いまが好機なのだ」

普通の者ならば、いやいやそれは、と断っただろう。だが、忠義に厚い小桜丸は、ためらいもせずに「わかりました。では、さっそく」と請け負って、部屋を飛び出した。

若さ、いや幼さのゆえか、この主従は動きだけは無駄に早かった。

春若たちに煙たがられていた頭の中将繁成は、五の姉夫婦の工房でため息をついていた。

宮中では真面目くさっている彼も、ここに来ると少年のように目を輝かせるものなのだが、いま、その表情は暗い。ため息も際限なく湧きあがっている。そんな彼に、作業中の学者も五の姉も困惑を隠せない。

妻が突然、実家に帰ったと知って、繁成は急いで馬に乗り、彼女を追った。妻の実家は草深い洛外《らくがい》に、まるで世捨て人の庵《いおり》のようにひっそりと建っていた。

迎えに来たよ。何を怒っているのだい。さあ、いっしょに帰ろう。——と、言葉を尽くして妻のご機嫌を取ろうとしたのに、相手は対面すら許してはくれなかったのだ。

うちひしがれて、繁成が次に訪ねたのが五の姉たちのもとだった。発明品の進捗状況が知りたくて、もとから訪問の約束をしていたからだったが、工房の品々を前にしても彼の心は晴れない。どうかなさったのですかと問われるままに、繁成もふたりに妻のことを包み隠さず打ち明けた。

からくり細工に関してならいざ知らず、男女間の難題に腕組みをして黙りこんだ夫に代わり、五の姉がさらに問うた。

「奥方が実家に戻られた理由はわかっているのですか?」

「それがいまひとつ、要領を得ないのだよ。女房たちはわたしが浮気をしたからだと申すのだが、そんなおぼえはまるでないし」

「奥方の完全なる誤解なのですね？」

ああ、と繁成は潔く言い切った。彼の清廉たる気質を知る五の姉夫婦は、なんの抵抗もなくその言葉を受け容れた。

「ならば、潔白をひたすら訴えるしかありませんわね」

「やはり、それしかないか……」

「逢《あ》ってくださるまで、あきらめずに奥方の実家に行かれては」

「そうしたいのは山々だが、公務もある身なれば、小野小町《おののこまち》に恋した深草少将《ふかくさのしょうしょう》のように百夜《ももよ》続けて通うわけにもいかず……」

学者の夫がぼそりと、「深草少将も九十九夜目で力尽きましたしな」とつぶやく。

繁成はさらに肩を落とし、五の姉はいらぬことを言った夫にしかめっ面《つら》を向けた。

「では、贈り物をしてはいかがでしょう」

気落ちする繁成をなんとか力づけようと、五の姉は工房を見廻した。

「これなどはどうでしょうか。試作品ですが、〈高枝切鋏《たかえだきるはさみ》〉を改変したものになります」

五の姉が手に取ったのは、蛇腹式の〈高枝切鋏〉を小型化し、先端を鋏《はさみ》ではなく、二枚の竹べらに付け替えた品だった。

「手の届かぬところに置かれた物を、これ、このようにして竹べらをのばして挟み、手もとに引き寄せるための道具です。名付けて〈摩訶不思議腕《まかふしぎかいな》〉。常に邸の奥に籠もり、立って歩くことも稀《まれ》な高貴な女性《によしよう》には、うってつけの品ではありませんか？」

「なるほど、これは便利な」

繁成の顔に喜色が差したが、それも数瞬しか持たなかった。

「便利は便利だが、妻はこれひとつで機嫌を直してくれるだろうか」

改めて問われると、学者夫婦も心許《こころもと》なげな表情になった。手先は器用な三人なのに、女心の理解となると、女人の五の姉でさえ怪しくなってしまうのだ。

居心地の悪い沈黙が流れる工房に、「お邪魔いたしますわ」と明るく声をかけ、被衣《かつぎ》姿の九の姉が突然、現れた。

「あら、お客さまが？」

先客の繁成の顔を見るや、九の姉は「まあ」と、やや大仰に驚きの声をあげた。

「姫さまのための新しい工夫ができあがったと聞いて、じっとしておれずに参じましたが、まさか頭の中将さまがいらしているとは思いませんでしたわ」

「ああ……、九重《ここのえ》だったか」

「いつぞやは専女《とうめ》衆の舞台にお力添えをいただき、誠にありがとうございました」

しとやかに頭を下げた次の瞬間には、九の姉はきらりと目を輝かせていた。

「失礼ながら、中将さまの窮状はすべてうかがわせていただきましたわ」

「あら、いつの間に」

五の姉がつぶやいたが、聞こえなかったふりをして九の姉は畳みかけるように言った。

「家を出られた奥方の誤解を解きたいと。そういうことでしたらば、もっとわかりやすい形で臨むべきですわ」

「わかりやすい形?」

「はい。五の姉が申しましたように、贈り物で攻めるべきだとはわたくしも思います。けれども、〈摩訶不思議腕〉はどうかと。やはり、女人に喜ばれる贈り物とくれば、まずは新しい装束《しょうぞく》でしょう。『源氏《げんじ》物語』でも、光源氏の君が女人たちそれぞれに、似合いそうな衣裳《いしょう》を選ぶくだりがあるではないですか」

物語によると、光源氏が最愛の女《ひと》、紫《むらさき》の上《うえ》のために選んだのは、模様の多く浮いた紅梅の表着《うわぎ》、葡萄染《えびぞめ》（赤紫）の小袿《こうちき》に、今様色《いまよういろ》（流行《はや》りの薄い紅色）の装束と、赤系統の華やかな色合いのものだった。

幼い明石《あかし》の姫君には、少女らしい桜（表が白、裏が赤花）の細長《ほそなが》（若年女性用の細長い装束）と、光沢のある練絹《ねりぎぬ》。

控えめな花散里《はなちるさと》には、波や貝の織模様が施された、優雅だけれども地味めな浅縹《あさはなだ》（薄い藍色）の織物と、濃い紅の練絹。

若く派手やかな美貌を具《そな》えた玉鬘《たまかずら》には、曇りのない赤い表着に、山吹（表が淡朽葉《うすくちば》、裏が黄）の細長。

出家した空蟬《うつせみ》には、青鈍《あおにび》（青みがかった灰色）の雅趣ある織物に、梔子の御衣《おんぞ》、聴色《ゆるしいろ》と称される淡い紅色のものを取りそろえて、尼に相応《ふさわ》しく。

血筋はよいのに容色に劣り、いろいろと残念な末摘花《すえつむはな》にも、唐草模様が施された優美な柳（表が白、裏が青）の織物を。

身分は低くとも誰よりも高雅な、誇り高き明石の上には、唐風《から》の白い小袿とその下に重ねる濃い紫をといった、品の高い装束が贈られている。

光源氏が選んだ衣裳は、女人たちの内面をも反映させていたのだ。そんな、王朝貴族の恋愛模様が描かれた『源氏物語』を引き合いに出され、繁成は目から鱗《うろこ》を落とした。

「そうか、その手があったか」

「あとはまあ、奥方好みの食べ物などはいかがでしょう。甘い物なら、なお善しですわね。そして、花。これは欠かせませんわ。花に結びつける文には、当然、恋の歌をしたためてくださらないと。さらにそこにひとひねり加えていただけると嬉《うれ》しいのですが」

「ひとひねりとは、これのことかしら？」

五の姉が〈摩訶不思議腕〉の先端をカチカチと打ち鳴らし、関心を引こうとする。自身が考えた品だけに、やはり愛着があるようだ。

「いえ、それは……」

九の姉は言葉を濁し、

「仕損じると目も当てられませんので、ここは無難な線でいきましょう」

「なるほど、無難か」

繁成はうなずきながら、九の姉からの助言ひとつひとつを頭に刻みこんでいく。彼の真剣な態度に、勧める九の姉も満足げだった。

「いまは離れて暮らしておりますが、わたくしの夫も遠い任国から、布やら何やらを忘れずに送り届けてくれます。今年の初めにそれが滞ったときは、もはや忘れられてしまったのかとさんざん気を揉《も》みました。すべてはわたくしの取り越し苦労だったのですけれど、そういうこともありますから、中将さまには軽くお考えにならないでほしいのです。やはり、形のあるものにこそ、形のない心を託せるのではないでしょうか」

異論はあるかもしれない。が、九の姉の名言に、繁成はもちろん五の姉夫婦もすっかり感心してしまっていた。


空の青さを反射して、宇治《うじ》川が滔々《とうとう》と流れている。

その川沿いを、一台の牛車《ぎっしゃ》が進んでいた。春若と小桜丸を乗せた牛車だ。最少人数の従者を従えた、お忍びの外出である。

縁切りに効用ある神社仏閣を探せ。

その命を受けた小桜丸は該当する神社をすぐに探し出し、翌日には春若をこっそりと東宮御所から連れ出したのだ。場所が都を離れた宇治ともなると牛車が必要となったが、その手配は思っていたよりも容易だった。

「頭の中将がおらぬと事を進めるのもたやすくて、助かるのう」

「本当にその通りですね。ああ、ほら、あそこに鳥居が見えてまいりました。あれが悪縁を切り、良縁を結んでくれるという神社でございますよ」

宇治川に架かる橋の近くでふたりは牛車を降り、青紅葉《あおもみじ》の茂る参道を進んだ。夏の終わりの強い陽射しを、幾重にも重なった青紅葉の葉がさえぎってくれて、まるで緑の隧《ずい》道《どう》を歩んでいるようだった。

「青紅葉が美しいな。秋になれば、このあたりはさらに美しく、赤く染まっていくのであろう。次はぜひ真白と来てみたいものだ」

「紅葉狩りですか。いいですね。春の花見を真白の君と楽しまれたのは、ついこの間のことと思っておりましたのに、こうして季節はめぐっていくのですね」

「ああ。時の流れは存外に早い。わたしの背が真白を追い越す日も、きっとそう遠いことではあるまいよ」

成人したおのが姿を想像し、春若はくくと笑った。小桜丸も釣られて、きゃっきゃと無邪気に笑う。黙ってふたりに付き従っている従者たちも、自然と笑顔になっている。

上機嫌で鳥居をくぐった春若だったが——拝殿前に複数の従者たちとたたずむ先客を目にした途端、その表情は強《こわ》ばった。〈ばけもの好む中将〉と呼ばれる従兄《いとこ》の宣能《のぶよし》が、そこにいたのだ。

「なんと……！」

思わず声を発したと同時に、宣能がこちらを振り返った。春若はあわてて身を翻《ひるがえ》し、参道の脇道へと駆けこんだ。

野生動物並みに素早いその動きに対応できたのは、小桜丸だけだった。他の従者たちは、春若の突然の行動にあっけにとられてしまっている。

春若は脇道に沿った植込みの間にしゃがみこんだ。小桜丸も急いで、その横に並ぶ。遅ればせながら春若たちに続こうとした従者たちは、ふたりに気づかず、前を素通りしていく。

従者たちが行ってしまい、周囲に人影が消えてから、春若が小声でつぶやいた。

「なぜに、あやつがここにいる」

彼は従兄の宣能を苦手としていた。せっかくの秘密の遠出を楽しんでいたところで、出逢いたい相手では絶対にない。

「ひょっとして、この社《やしろ》にはあやつ好みの物の怪が出るのか？」

小桜丸がぶるると首を横に振って否定した。

「まさか。そのような話はまったく聞いておりません」

「では、なぜ〈ばけもの好む中将〉がここにいるのだ」

「それは……普通に参拝をしに参ったのではありませんか？　あのかたの怪異探しには、従者も同行を厭《いや》がると聞いておりましたのに、きちんと従者を伴っていらしたのがその証《あか》しかと」

「つまり、あやつも誰ぞとの縁切り祈願を？」

しゃがみこんだまま、ひそひそと話しこんでいた春若たちの前に、ぬっと人影が差した。と同時に、耳に心地よい低音がふたりの頭上に降ってくる。

「これはこれは、東宮さまとその小舎人童ではありませんか。奇遇ですね」

立烏帽子《たてえぼし》に淡い色合いの直衣《のうし》。紙扇を手にし、涼やかな笑みを浮かべて少年たちを見下ろしているのは、〈ばけもの好む中将〉の宣能だった。まるで本物の物の怪と遭遇したかのように、春若たちはうわっと悲鳴をあげる。

「さてはお忍びの参詣ですか？　ここが悪縁切りの神社と御存じの上で？」

思いがけぬ出逢いを楽しんでいるかのような相手の話しぶりが癇《かん》に障《さわ》り、春若はしゃがみこんだ姿勢のまま、宣能をキッと睨みつけた。

「そのほうこそ、何をしにここに来たのだ」

「わたしは弘徽殿の女御さまの名代ですよ」

「母上の？」

「ええ。女御さまはこのところ臥《ふ》せりがちで、それゆえか、なおさら御子息のことが気になって気になって。なんでも、幼い東宮さまは年上のタチの悪い女にたぶらかされているのだとか。どうか、わたしに代わって、その女と東宮との悪縁切りを祈願してきてはくれまいかと、女御さまにそう頼まれましてね」

春若と真白のことを知った上で、宣能がそういう言いかたをしているのは明らかだった。

「ところで、東宮さまはなぜ、ここに？ ひょっとして、初草との婚儀の縁を断ち切って、真白の君との縁を結びたいと、そんな祈願をしに参られたのですか？ だとしたら面白いですね、親子で同じ発想とは。血は争えないとはよく言ったものです」

宣能にせせら笑われ、春若はぎりぎりと歯噛《はが》みをした。小桜丸ははらはらしながら東宮と中将の対決をみつめるばかりだ。

「無礼であるぞ、中将」

春若が目尻を吊《つ》りあげると、宣能は優雅に頭を下げた。

「これはとんだ失礼を。ですが、このような機会はまたとありませんからね。ここからは年長の従兄として、歯に衣着せず言わせてもらいましょうか」

「何を言うつもりかは知らんが、説教なら聞かぬぞ」

「説教ではない」

宣能は急に口調を変えてきた。笑みも消えて、その下から思いがけず真剣な表情が現れる。これは、と春若は緊張に身体《からだ》を強ばらせた。

宣能は楽の音のごとき声で言った。

「わたしは嫡男として、家の存続を図らねばならない身だ。が——第一に考えるのは、妹の幸せに他ならない。夫に愛されないような不幸な結婚を、初草にさせるわけにはいかないのだよ」

個人よりも家を優先させるこの時代では、主流ではない考えかただ。が、そこに偽りなどないことは、一語一句の力強さに表れていた。春若もその点ばかりは感じ取り、声を震わせる。

「では、では、わたしに真白をあきらめ、初草を愛せと強要——」

宣能の口角が片方だけ大きく上がった。

「そんな器用なことができる従弟どのではあるまいに」

馬鹿にされた気がして、春若はカッと顔を赤く染めた。すかさず立ちあがり、宣能の向こう脛《ずね》を蹴りつけようとしたが、それより先に宣能が一歩退いて攻撃をかわす。小桜丸は仲裁に入ろうと、急いで春若の背中に飛びついた。

「お、落ち着いてくださいませ、東宮さま」

「うるさい。小桜丸はどちらの味方なのだ」

「もちろん東宮さまの味方でございます。ですが、どうか、ここは落ち着いてください。まだお話の途中でありますれば」

「そうとも、まだ話の途中だよ。春若君」

わざと東宮を春若君と呼び、宣能は思いもかけぬことを言い出した。

「わたしは初草をみすみす不幸にするような入内は望まない。従弟どのも真白の君以外の妻を望んではいない。そこでだ。初草の入内を反故にし、真白の君を妻として迎える策を、このわたしが考えようと言ったらどうする？」

春若と小桜丸はふたりそろって口を大きくあけた。小桜丸は脱力してその場にくずおれ、春若は唇を噛んで、ぎゅっと拳を握りしめる。

やがて、食いしばった歯の間からうめくように春若が言った。

「……できるのか、そのようなことが」

宣能の返答に躊躇《ちゅうちょ》はなかった。

「できる。ただし、すぐは無理だ。慎重に事を進めていかなくてはならない。どう考えても、四、五年はかかる」

「四、五年？　そんなにかかるのか？」

「急《せ》いては事を仕損じるよ、従弟どの。それに、下手《へた》にあせってこの企《たくら》みが弘徽殿の女御さまに知られたりすれば、すべてが水の泡となってしまう」

　実母を持ち出されて、春若は露骨に顔をしかめた。

「右大臣にもな」

お返しのつもりで右大臣――宣能の苦手とする実父の名を出してやったのに、彼は平静な表情を崩さなかった。

「あのひとも難敵には違いないが、もっていきようがなくもない」

「ほう。強がりではなく本当に？」

「ああ。ここのところ、あのひとのそばに就く機会が増えたからね。大体の考えようはつかめたつもりだよ。以前から知っていたことだが、情よりも何よりも、家の存続こそが大事。氏長者《うじのちょうじゃ》としては、まったくもって正しい。正しすぎて反吐《へど》が出る。最初からそうだったのか、それとも、どこかに何かを置いてきてしまったからなのか……。まあ、そんなことはどうでもいいのだが」

　しゃべりすぎたと後悔するように、宣能は軽く頭を振って、話をもとに戻した。

「重ねて言うが、いちばんの障壁は叔母上《おばうえ》の女御さまだ。梨壺の更衣さまを、あれほど目の敵にしておられるのだよ。更衣さまの妹御である真白の君を、愛息の妻として認めるはずがない」

　春若はムッとして語気荒く言い返した。

「言われずとも、わかっておるわ」

弘徽殿の女御は勝ち気で誇り高く、実家の権力を背景に、後宮《こうきゆう》では一の地位を維持し続けている。そして将来、春若が皇位に就いた暁には、国母《こくも》として皇太后となる。この時代の女性としての、最高の地位が約束されているのだ。

彼女が姪《めい》の初草に、自分と同じ道を歩むよう望んでいるのは周知の事実だった。もしも息子の反乱を知れば、全力で潰しにかかるだろう。

「あのかたと闘うには、揺るぎない信念が必要となる。果たして、実の母御に泣いてすがられても、真白の君への想いを貫き通せるかな？」

苦しい選択ではあったが、春若は大きく息を吸いこんで宣言した。

「真白に約束したのだ。妻はそなたひとりだと。それは守る」

「東宮さま……」とつぶやいて、小桜丸が目を潤《うる》ませる。

宣能は感動したふうもなく、「立派な心がけだ」と嘯《うそぶ》いた。その態度が癇に障り、

「そう言う中将とて、女御には逆らえまいに。現にこうして、悪縁切りの使いを押しつけられているではないか」

くやしまぎれの春若の弁に、宣能は目を細めてにこりと微笑《ほほえ》んだ。

「それはそれ、叔母上のご機嫌をとっておくのも策のうちですよ」

口調を変え、てらいもなく言い切る宣能に、春若も鼻白んだ。

「……ずる賢いやつめ。おまえばかりは敵に廻したくないな」

「お褒めにあずかり恐縮です」

宣能はうやうやしく一礼してから言った。

「それで、どうします？　本当にこのわたしと手を組みますか？」

春若はすぐには返答できなかった。おのれの気持ちを審議するように、周囲を囲む青紅葉の瑞々《みずみず》しい緑を見廻し、それから応えた。

「この社に祀《まつ》られる神は、悪縁を切り、良縁を結ぶという。ここでそなたに逢ったのも、おそらく何かの縁なのであろう」

珍しくゆっくりとした口調だった。癇癪《かんしやく》持ちの主君の意外な成長をまのあたりにし、小桜丸はぽろぽろと涙をこぼして震えた。

「と、東宮さま、そこまで……」

宣能はただ淡々と契約の確認に入る。

「では、くれぐれも女御さまに本心を悟られぬように。面倒を避けるためにも、できれば従順な孝行息子を演じていただきたい。女御さまに不信感をいだかれれば、元服が早められ、形だけでもと初草との婚儀が決行されかねない。そうなっては、すべてが無駄になるのですからね」

「くどいぞ、中将」

春若に睨《ね》めつけられ、宣能は小さく苦笑した。

「小桜丸も、誰にも言わぬと約定《やくじょう》できるかな?」

宣能に急に問われて小桜丸は飛びあがり、はいと即答した。

風に青紅葉の葉がさわさわと揺れる。まるで、神の領域で交わされた神聖なる誓いの立会人を、名乗り出ているかのようだった。


外の風を入れるため、妻戸《つまど》は半分あけたままにして御簾《みす》を垂らしている。その御簾のむこうから、虫の声が聞こえてくる。昼間の蟬《せみ》の声ではなく、夜の虫の合唱だ。

寝入るには早すぎて、けれども何をする気にもなれず、繁成の妻はひとり、脇息《きょうそく》にもたれかかっていた。

「虫のごと声にたてではなかねども、涙のみこそ……」

草むらの虫のように、わたしは声をあげて泣きはしないけれども、秘《ひそ》かに涙だけは流れている——そんな古歌をつぶやいてみても反応してくれる者はそばにおらず、虚しさは募る。

実家に帰ってはみたものの、親たちは「早く背《せ》の君《きみ》のもとへ戻りなさい」と勧めるばかり。夫の浮気の件を訴えても、「まさか、あのかたが」と信じてもらえない。

すっかり拗《す》ねて、かつての自分の部屋に籠もっていると、昼間、夫が迎えに来てくれた。なのに、彼女は意地を張り、逢いもせず追い返した。親もさすがにあきれ果て、「勝手になさいな」と放置されてしまったのだ。

夫が迎えに来たときに、いっしょに帰ればよかったのか。だが、一度目ですぐに応じるのも癪《しやく》に障ると追い返したらば、二度目がなかなかめぐってこない。もしや、もう飽きられたのか。夫婦の情というものは、そんな浅いものだったのか。やはり、他に女がいて——と、ますます疑心暗鬼になっていく。

「誰もわかってくれない……」

寂しくため息をついていると、簀子縁《すのこえん》を渡ってくる足音が聞こえてきた。御簾を押しあげて、壮年の女房が入室してくる。衣筥《ころもばこ》の蓋に畳んだ装束を載せて、両手に捧《ささ》げ持っている。

「姫さま。いえ、御方さま」

この家に長く仕えていた女房は、昔の呼びかたを改めてから、衣筥の蓋を差し出した。

「御覧くださいませ。頭の中将さまから贈り物が届きましたよ」

見ないふりをしたかったのに、つい覗きこむ。衣筥に載せられていたのは、赤と朽葉色を重ねた百合《ゆり》の小袿だった。百合といっても白百合ではなく、赤みがかった橙《だいだい》色をした姫百合を模している。そのあでやかな発色に、繁成の妻は思わず「まあ、きれい……」とつぶやいた。

「ええ、ええ、本当に」

女房にそう言われてハッとし、すぐに言い直した。

「でも、わたくしには派手すぎるわ」

「そうですか？　それに、これだけではなく、御方さまのお好きな桃まで添えられておりましたよ。さっそく召しあがりますでしょう？」

桃と聞いただけで生唾が湧いてくる。しかし、彼女はまだ強情を張っていた。

「そんな、食べ物などでは釣られなくってよ」

「また、そのような強がりを」

「で、これを従者が届けに来たの？」

気にしていると思われたくなくて、わざと素っ気なく問う。女房は、すべてわかっていますよとの顔を垣間見《かいまみ》せてから、

「いいえ、従者ではなく頭の中将さま御本人がお越しでした。ですが、お引き留めしましたのに、『きっとまた逢ってくれないだろうから』とおっしゃって早々に帰られてしまいましたわ」

「そうなの……」

やっぱり、あのひとはわかってくれていないのだわ。そんな思いを噛みしめて、繁成

の妻は顔を曇らせた。

「意地を張らずに、贈り物のお礼の文でも書かれてはいかがです？」

「意地なんか張っていないわ」

娘時代に戻ったかのように、わがままを言い募る。女房もさすがに困って、

「では、装束はこちらに置いておきますわね。桃を召しあがりたくなったら、おっしゃってくださいませ。すぐにお持ちいたしますから」

そう告げて退室していく。繁成の妻は返事もせず、関心のないふうを装っていたが――、女房の足音が遠ざかってから、改めて百合の小袿に触れてみた。やわらかい手触りに、自然と笑みが浮かんでくるものの、

「やっぱり派手すぎるわ。殿は何もわかっていないのよ」

口から出るのは、そんな否定的な言葉ばかりだ。

近衛中将と蔵人頭を兼任している、立派すぎる夫。しかも優しくて真面目で、文句のつけようもない。おかげで、新婚でもないのに、いまだに気後れをしてしまう。こんな妻を、むこうも物足りなく思っているだろう。きっとどこかで浮気をしているに違いないと、余計な詮索ばかりしてしまう……。

「なんて、かわいらしくないのかしら」

自己嫌悪のため息をついていると、コンコン、と妻戸が外から軽く叩《たた》かれた。女房が

桃を持って戻ってきたのかと思ったが、いつまでたっても入室してくる気配がなく、再度、コンコンと戸が叩かれる。

「誰？」

問うても、応《いら》えはない。少し怖くなってきたが、もしやとも思い、彼女は立ちあがって妻戸に寄り、おそるおそる外を覗いてみた。

簀子縁には誰もいない。その代わり、月光の射す庭先に夫の繁成が立っていた。

「あなた……！」

「やあ、やっと顔が見られた」

繁成は奇妙な細長い道具を手にしていた。彼が操作すると、幾枚もの板を蛇腹に組み合わせた面妖《めんよう》な道具がするするとのびてきた。どうやら、これで妻戸を叩いていたらしい。

先端は二枚の竹べらで、白地に淡い紅色が差した笹百合《ささゆり》が一輪、挟んであった。笹百合の細い茎には文が結びつけられている。

「この花だけは直接、あなたに渡したかったのだよ。受け取ってくれまいか」

逢いもせずに帰ったと思っていた夫がそこにいる。しかも、面妖な道具を使い、一輪の花と文を差し出している。さすがに彼女も気を呑《の》まれ、そろそろと簀子縁に進み出て、笹百合を受け取った。

「装束に合わせて姫百合を探していたのだが、どうしてもみつからなくて。代わりに笹百合を摘んできた」

そんな言い訳じみた夫の言葉を聞きながら、文をほどいてみる。そこには万葉の古歌が記されていた。

燈火《ともしび》の　光に見ゆる　さ百合花《ゆりばな》
ゆりも逢はむと　思ひそめてき

ゆりも逢はむ——後にもまた逢おうと思い始めました、との意味だ。「あと」の意味となる「ゆり」に、同音の百合の花を掛けており、また逢おうとの意志を伝えている。

いま、こうして逢っているではないですか、と言いかけて、さすがにこれを言ってはいけないなと口を結ぶ。代わりになんと告げようかと考え、彼女は夫が手にしている道具に目を留めた。

「……ずいぶんと変わった道具ですこと」

「これか。便利だろう？〈摩訶不思議腕《まかふしぎかいな》〉という物らしい」

繁成は少年のような笑顔で、得意げに蛇腹を伸縮させてみせた。先端の二枚の竹べらを、カチカチと拍手のように打ち鳴らす。

「大学寮の博士が作ってくれたのだよ。博士は夫婦ともども器用で、このような細工物を次々とこしらえていてね」

繁成自身もからくり好きなので、結局、〈摩訶不思議腕〉で贈り物作戦にひとひねりを加えることにしたのだった。が、彼の妻は謎の道具にはほとんど関心をはらわず、大学寮の博士と聞いて片方の眉をぴくんと撥《は》ねあげた。

「博士のほうではなく、その奥方と親しいのではないですか？」

我慢できずに、つい言ってはならないことを言ってしまう。繁成はきょとんとして、

「もちろん、奥方とも話はするが……」

突然、彼はハッと閃《ひらめ》いた顔になった。

「ひょっとして、わたしの浮気相手とは五の君のことか」

「お認めになるのですね」

厳しい口調で糾弾しようとした矢先、

「いや、それはない」

繁成は首を横に振り、きっぱりと言い切った。

「あのひとは、知り合ったときすでに博士の妻だった。それに、三人であれやこれやと語らうから楽しいのであって、男女の間柄にはなりようがないとも。そんなことをしては、せっかくの友情が毀《こわ》れてしまう」

「信じられませんわ」

あんなに楽しそうな顔をしていたくせに——と思いつつ、くやしさに彼女は唇を噛んだ。言葉にはせずとも伝わるものがあったのだろう、繁成は眉尻を下げて頭を掻《か》いた。

「困ったな……」

「それに、百合の小袿はわたくしには派手すぎますわ」

ついでの不満をぶつけてやると、繁成は首を傾《かし》げ、

「そうかな？　明るい色が似合うと思ったのだが」

「本当にそうお思いで？」

「ああ。世辞は苦手だから。わたしは本当のことしか言わないよ」

大真面目に断言されて、彼女も言葉に詰まった。降って湧いた沈黙を、か細い虫の声が埋めていく。

改めて夫の立ち姿を眺める。手に奇っ怪な道具をぶら下げているとはいえ、彼は惚《ほ》れ惚《ぼ》れするほど凛々《りり》しかった。家柄もよく、頭の中将という肩書きも申し分ない。他の中将のようにやたらめったらと浮き名を流してもいないし、物の怪好きの変人でもない。なんの取り柄もない自分には、もったいないほどの殿方で——

その夫が、奇妙な道具を手にこっそりと庭から入ってきて、途方に暮れた顔をしている。派手な装束を贈っていながら、直接、届けに来たのは薄紅色の可憐《かれん》な笹百合。ちぐ

はぐだが、懸命に考えてくれたには違いない。

浮気はしていなかったのかもしれない、と繁成の妻は漠然と思った。疑いが完全に晴れたわけではないし、自分の理解できない話題でよその女人と楽しげに語らっていたことは、いまだに許しがたい。が、そこにこだわり過ぎると、かえって夫の関心があちらに向いてしまうのではとの懸念も湧いてきた。

ここはひとまず婚家に戻り、夫の監視を続行した上で、浮気を未然に防ぐように立ち廻るのが得策かもしれない……。

笹百合に視線を落としたままで、彼女はわざと素っ気なく言ってみた。

「こうやって庭先で立ち話もどうかと思いますから……、上がっていかれます？」

繁成はパッと表情を明るくした。

「いいのか？」

「お厭でしたら、どうぞ、お帰りになって」

「どうして厭なものか」

妻の気が変わらぬうちにと、繁成は急ぎ足で簀子縁の階《きざはし》をのぼってきた。月の光が彼の足もとを優しく照らしてくれている。

こんな光景を以前にも見たことがあったような、と繁成の妻はふと思った。勘違いではなく、実際に通い始めの頃、繁成はこうして庭先から彼女の部屋へと忍んできていたのだ。

目の前に立った繁成がくすっと小さく笑った。

「何がおかしいのですか？」

尋ねると、彼は少し照れたふうに、

「いや、ここに通い始めた頃のことを思い出してね」

「まあ……」

夫も同じことを考えていたと知り、彼女の胸は急に高鳴り始めた。追い打ちをかけるように、繁成が訊《き》く。

「あなたもそうなのではないのかな」

「知りません」

考えるより先に言い放って、ぷいっと背中を向ける。その瞬間には、もう後悔していた。わたくしったら、なんて可愛《かわい》げのないことを……と。

が、繁成はそんな妻を背後からそっと抱きしめていた。

薄雲のかかった同じ月を、五の姉は工房の窓から眺めていた。

「頭の中将さまはうまくいっているかしら……」

そんなつぶやきが、意図せず唇から洩《も》れる。〈摩訶不思議腕〉を貸し、がんばってくださいませねと送り出したものの、さすがに心配だったのだ。

部屋の奥で作業に勤《いそ》しんでいた学者の夫が、手を休めぬままに言った。

「心配か」

「それはそうですわよ。わたしたちが背中を押したのですからね」

自分の返答がやや早かった気がして五の姉は戸惑ったが、夫は気づいた様子もなく、

「一度で駄目なら、二度三度と重ねるしかあるまい。もちろん、同じことをただ重ねるのではなく、さらなる工夫を凝らしていかねばならないが」

「あら、わかったふうなことをおっしゃいますのね」

「からくりのことだよ。女人のことはいまだにわからん」

ふうっと息を吹いて、細工物についた木屑《きくず》をはらい、夫は五の姉を振り返った。

「できたよ。見てくれるか」

「何ができたのですか?」

五の姉は窓辺を離れ、興味津々で夫のそばにすわりこんだ。彼が差し出したのは、掌《てのひら》に収まるほどの小さな長方形の箱だった。なんの飾り気もない白木でできており、蓋の部分には三分の一ほどのところに継ぎ目が入っている。

夫はさらに、初草のための試作品に使った石のかけらを幾つか取り出し、

「ここのところに好きな石を置いてごらん」

木箱の蓋の一点を指差して、五の姉に勧める。言われるがままに、五の姉は赤い柘榴《ざくろ》石《いし》のかけらを選んで、箱の上に置いた。

すると――、継ぎ目の部分がパカッと上に開き、中から竹ひごで作られた細い腕が現れた。白く塗られた腕は、骨のようにも見える。

五の姉が驚いている間に、骨の腕は柘榴石をつかみ、箱の中に引きこんでいく。すぐに蓋は閉まり、もとの白木の箱へと戻った。試しに箱を振ってみると、中で柘榴石が転げてカラカラと音を立てた。

「箱の中に骸骨の物の怪が入っていて、石を奪っていくのですね」

「ああ。面白いだろう？　金の粒などを貯めておくのにいいかもしれない。もっとも貯めるほどの金など、わが家にはないが」

「いっそ、こういうものをたくさん並べて、からくり仕掛けの物の怪邸を造ってみては？」

五の姉が冗談半分で言ってみると、夫は目を瞠《みは》り、

「うん？　そうだな、それも面白いか。〈ばけもの好む中将〉さまなら喜んで――いやいや、本物でなくてはと、逆にお怒りになるやもしれんぞ」

「まあ、難しいこと」

ふたりは顔を見合わせ、ほとんど同時にぷっと噴き出していた。

月の光は、都の至るところに洩れなく降り注いでいた。十二番目の姉である、真白の実家にも、当然。

真白の前には、実の母と乳母《めのと》とが難しい顔をしてすわりこんでいた。

「何が気に入らないというのですか。せっかく、いいお話が来たというのに」

彼女らの前に置かれていたのは、権大納言の姫君・真白との結婚を望む殿上人《てんじょうびと》からの新たな文だった。年頃の娘なら喜んで然《しか》るべきところを、真白は関心のない様子を隠そうともしない。

「気に入るとか気に入らないとか、そういうことではないのだけれど……」

「では、どういうことなのですか」

詰問され、それならばと、真白はこのところ、ずっと考えていたことを母に打ち明けた。

「わたし、更衣さまが宮中に戻られる際にいっしょに連れて行ってくださるよう、頼みこんでみようかと思っているの」

「それはもしや……」

「ええ。梨壺の女房として正式に採用していただけたらと思って」

「本気ですか？　以前、宮中は色好みの殿方が多くて怖いと言ってはいませんでした？」

「はい、言っていました」

　正直に認めてからすぐに、

「でも、意外にどうにかなりそうかなぁという気もしてきて」

と、楽観的に言い放つ。母親はこめかみに手をあてて、低くうめいた。

「ああ、行儀見習いにもなるかと思い、里帰り中の更衣さまにお預けしたのが失敗だったわ……。結婚してから宮仕えに出ても遅くはないのに。むしろ、先に宮仕えに出たことで婚期を逃してしまいかねないのですよ」

「それはそれで構いません。あと何年かは結婚する気もありませんから」

「あと何年かとは、いったい何年なのですか」

「そうね……」

　長い黒髪を角髪《みずら》に結った快活な少年の姿を思い浮かべて、真白は答えた。

「少なく見積もっても四、五年……。ひょっとしたら十年近く？」

　ひゃあと、母親は身をのけぞらせて悲鳴じみた声をあげた。普段は真白の味方をしてくれる乳母も、さすがにそれはと仰天する。

「三十路になってしまいますよ。何を考えているのですか、この子は」

「お、落ち着いてくださいませ、御方さま」

興奮する母親を、乳母が必死でなだめようとする。真白も神妙な顔で手を合わせ、

「ごめんなさい、母上」

形ばかりは謝ったものの、撤回するつもりはもはや微塵《みじん》もなかったのであった。

因果はめぐる

一

若い祖母の優しい腕にいだかれた赤子がきゃっきゃっと笑っている。一点の曇りもない、はじけるような笑顔に、

「ほらほら、わしの顔を見て姫宮さまが笑ったぞ。爺《じじ》の顔をおぼえてくださったのだ」

権大納言《ごんだいなごん》はそう主張して、しきりに孫娘を抱きたがった。しかし、彼の妻のほうも、

「いえいえ違います。わたくしのほうに笑いかけてくださったのですわ」

そう言い張って姫宮をしっかりと抱き、夫に渡そうとはしない。彼女は末っ子長男の宗孝《むねたか》の生母で、姫宮とは直接の血の繋《つな》がりはないのだが、そこにはまったくこだわっていなかった。

孫娘の奪い合いを、姫宮の母である梨壺《なしつぼ》の更衣《こうい》も、微笑《ほほえ》ましげに見守っていた。更衣の実妹の小宰相《こさいしょう》を含めた、彼女に仕える女房たちも、みな笑顔だ。

こんな幸福な光景を前にしたら、誰でもそうならずにはいられないなと、その場にいた宗孝もしみじみ思った。

宗孝の父、権大納言のもとに、彼の八番目の娘である梨壺の更衣がお産のために里帰りして、はや五ヶ月。愛らしい姫宮が無事に生まれ、更衣の体調もいい。日々、健やかに成長していく姫宮に、誰しもが夢中だ。

今日は特に、大勢いる姉妹たちの幾人かが更衣のもとを訪れていた。

「父上は腰をお悪くしたと聞いておりましたのに、心配無用だったようですわね。本当にお悪かったのですか？」

疑わしげに言ったのは、しっかり者の一の姉だった。彼女の夫は官吏としての出世街道を順調に歩んでいる。子供たちもそろそろ元服が近い。妻として母として充実した日々を送る彼女は、ますます貫禄《かんろく》を増している。

「やれやれ、一の君はあいかわらず手厳しいのぉ」

ぼやく権大納言に、「本当に」と同情した尼僧は二の姉だった。

夫に先立たれて出家した彼女は、草深い山中の庵《いおり》で念仏三昧の暮らしを送っている。

今日は山菜などの山の珍味を、両手に抱えるほど持ってきてくれた。

二の姉は父に同情しただけでなく、一の姉に向けて笑顔で釘《くぎ》を刺した。

「もう少しやわらかな物言いをされませんと、ますます小皺《こじわ》が増えますわよ」

同母姉妹の二の姉だからこその遠慮のなさだが、末っ子の宗孝はひゃあと内心、悲鳴をあげた。更衣と小宰相も、どう反応したものかと戸惑う顔になる。

一の姉は目を瞠《みは》り、口もとにあわてて広袖を寄せた。

「こ、小皺？　二の君、あなたがそんなことを言えて？」

厳しくやり返されても、二の姉は余裕で、

「出家の身ですもの。御仏《みほとけ》しか見てくださいませんから、皺など一向に気にしません」

そう嘯《うそぶ》いて、にいっと口を真横に広げる。

まわりの者たちがはらはらする中、割って入ったのは四の姉だった。久しぶりに皆に逢《あ》いに来てくれた彼女は、ゆったりとした口調で、

「一の姉上、どうかご心配なさらずに。小皺どころか、しみもたちまち消えて、色白になる洗顔の素《もと》をお分けしますから」

結婚離婚をくり返した、恋多き美女の四の姉推薦の洗顔料ならば、ありがたみも違う。

一の姉はたちまち表情を明るくした。

「しみも消える？　まあ、本当に？」

彼女だけではなく、その場に控えていた女房たちまで興味津々となった。

そこで急に、赤子が泣き出した。

「あらあら、いかがされましたか。お腹《なか》がすいたのですか」

宗孝の母がいくらあやしても姫宮は泣き止《や》まない。

「ほらほら、姫宮さま。こちらをご覧《ろう》じなされ」

権大納言が、五の姉が考案してくれた不思議な形のガラガラを振った。普段ならばたちまち効果を発揮するものの、今日に限っては通じない。

臨時の乳母《めのと》として来ていた、子だくさんの六の姉が、

「どうやら、本当にお腹がすいたようですわね」

そう言って姫宮を預かり、屏風《びょうぶ》の後ろに下がって乳をやり始めた。たちまち泣き声はやみ、宗孝たちをホッとさせた。

誰しもが、何かしらの形で新しい命を祝福していた。伊勢《いせ》で斎宮《さいぐう》に仕えている三の姉、夫の任国にともに下った七の姉、悶着《もんちゃく》を引き起こした挙げ句、右大臣家に行った九の姉からも祝いの品は届いている。消息が聞こえてこないのは、行方知れずの十の姉だけだった。

ふと思い出したように、四の姉が言った。

「そういえば、十二の君は？　こちらで姫宮のお世話をしていると聞いて、久しぶりに逢えるものと楽しみにしていましたのに」

小宰相が応えた。

「あちらの母上に呼び出されて、ひとまず家に戻りましたわ。でも、すぐにまた手伝いに来てくれるでしょう。当人も、梨壺で女房勤めをしてみたいと前向きでしたから」

「まあ、梨壺で」と、宗孝の母が声をはずませた。

「宮中で仕えるなんて、うらやましいこと。わたくしは当時の内大臣家でしか女房勤めは経験がなくて。宮中に上がる前に殿と結婚しましたから……」

すかさず、一の姉が言った。

「ええ、あれには驚いたわ。まさか、同じ内大臣家で女房勤めをしていたあなたを義母《はは》上《うえ》と呼ぶようになるなんてね」

権大納言はあわてて、「十二の君の件は初耳だな」と話を元に戻そうとする。恥ずかしがる父に更衣が助け船を出した。

「十二の君が梨壺に来てくれると心強いですわ」

小宰相がうんうんとうなずく。

「後宮《こうきゆう》に戻れば、弘徽殿《こきでん》の女御《にようご》さまがまた何か仕掛けてくるかもしれませんからね。味方はひとりでも多いほうがありがたいですし」

「まあ、小宰相ったら。女御さまに失礼よ」

たしなめられても小宰相はへこたれない。

「更衣さまこそ、そのように女御さまにお気遣いなさらずとも。主上《おかみ》の御寵愛《ごちようあい》はいまや、更衣さまおひとりに向けられているのですもの。弘徽殿おそるるに足らず、ですわ。現に主上からは、早く姫宮の顔が見たいと、それはもう矢の催促で」

本当にまぶしいほどの御寵愛ですわ、とほかの女房たちもここぞとばかりに褒《ほ》め讃《たた》える。今度は更衣が恥ずかしがる番だった。

「更衣さまが姫宮さまをお連れして宮中にお帰りになれば、爺は途端に寂しくなるのぉ」

よよと泣くふりをする権大納言に、夫とは親子ほども年の差のある妻は、あきれ顔を隠さない。

「まあ、急に年寄りのふりなどなさって。都合のよいこと」

たちまち明るい笑いが巻き起こった。姉や女房たちといっしょになって、宗孝も声に出して笑った。

十二人全員ではないにしろ、日頃逢えない姉も集ったこの場に、彼ももう少しいたかった。が、外出の予定の時刻がだいぶ迫ってもいる。

「では、わたしはそろそろ……」

腰を浮かせかける宗孝に、彼の母が問うた。

「あら、どちらかへお出かけ？」

「はい。中将さまのお供で」

明かした途端に、その場の全員が納得した。物《もの》の怪《け》探しに付き合わされるのだと知った上で、誰も止めない。

「気をつけて行ってらっしゃいね」と更衣が声をかければ、

「しっかり中将さまにお付き合いしてくるのよ」と、小宰相が現実的な声援を送る。

「確かに、上つかたとの付き合いは大事だわ」と、一の姉は重々しくうなずく。

四の姉は無邪気に、

「そのうち、あなたまで〈ばけもの好む兵衛佐《ひょうえのすけ》〉と呼ばれかねないわねえ」

「そ、それはご勘弁を」

同情するように二の姉が深くうなずき、「南無阿弥陀仏《なむあみだぶつ》」と厳《おごそ》かに念仏を唱えた。宗孝も釣られて両手を合わせ、自分自身のために、

(どうか、今宵《こよい》も無事でありますように――)

と、神仏に願ったのだった。


当たり前の話だが、洛中《らくちゅう》のすべての家が権大納言のところのような幸福感に包まれているわけではない。どす黒いほどの物騒な気配を醸し出しているところも、あるにはある。

その家は、もとは大きな寺だった。しかし、いまは、こんなところにひとが住んでいるのかと疑いたくなるほど荒れている。

現に、ひとは住んでいた。宵の頃となり、部屋の奥で燈台《とうだい》に火が灯《とも》されたのが、その

証《あか》しだ。

燈台のそばで、険しい顔をしてあぐらをかいているのは多情丸《たじようまる》だった。都の暗部を力で支配している彼は、四十のなかばほどに見えた。眼光は鋭く、裏街道を歩んできた者独特の不穏さはもはや隠しようがないし、隠す気もなさげだ。右目の下の小さな泣きぼくろなど、なんの気休めにもならない。

まして、思いがけぬ人物の訪問を受け、多情丸は露骨に不快げに眉を寄せていた。対する相手は水干《すいかん》をまとった壮年の男で、萎烏帽子《なええぼし》の下の顔には無精髭《ぶしようひげ》が目立ち、厳《いか》つさという点では多情丸にも負けていない。

ふたりから少し離れた位置に、直垂《ひたたれ》をまとった三十代ほどの男、狗王《くおう》が控えていた。多情丸に仕える狗王は、何事かあればお頭《かしら》を守るのが役目だった。他にも腹心の部下はいたのだが、ひと払いをされ、彼だけがその場に残っていた。

「なるほどな。いまさら昔の話を持ち出してきた理由はわかった。そこまで窮乏しているのなら、危ない橋を渡る気にもなろう。にしても、命知らずな男だな」

多情丸が言うと、無精髭の男——兵太《ひようた》と名乗った彼はニッと笑った。下卑た印象はぬぐえず、彼が多情丸と同じ後ろ暗い世界の住人であることは間違いなかった。

「もちろん、命は大事だとも。だから、おれの身に万一のことがあれば、あんたの過去をつづった文《ふみ》が、いちばん知られたくないおかたのもとへ届く手筈《てはず》になっている」

「ふん。文など書けるのか？」

この時代、読み書きができない者のほうが多い。兵太は明らかに読めない書けないの部類だったが、嘘《うそ》をついているふうにも見えなかった。

「……おまえの弟にも実際、世話になったしな。わかった。それなりのことはしよう」

言いながら、多情丸は利き手を後方へと廻《まわ》した。次の瞬間、腰に差していた太刀《たち》が鞘《さや》から抜き放たれた。

兵太はうわっと叫んで後ろに飛《と》び退《の》くや、懐から石つぶてを取り出し、多情丸に投げつけた。一度にふたつ放ったつぶては、ふたつとも多情丸の顔面に命中する。今度は多情丸が悲鳴をあげる番だった。

その隙に兵太は背を向け、部屋を飛び出そうとした。そこに多情丸が追いすがり、斜めに太刀を振るう。兵太の水干の背が切り裂かれ、鮮血の玉が虚空に散った。

しかし、兵太は手負いの身でありながら、そのまま逃げ出した。多情丸の太刀は床に突き刺さり、抜けなくなっていた。うぬうと歯嚙《はが》みしながら、いくら引けども太刀は動かない。

多情丸は狗王を振り返って怒鳴った。

「何をしている。やつを追え」

命じられて、それまで傍観者に徹していた狗王が、やっとゆらりと動いた。無表情で、急ぐ素振りもない。多情丸は焦《じ》れて、再度、怒鳴った。

「早くしろ。やつが言っていた文を、必ずや奪ってこい。そして殺せ。殺してしまえ」

「殺せと仰《おお》せですか」

「おうとも。やつは汚い嘘までついて、この多情丸を愚弄したのだぞ。許しておけるものか」

「なるほど、わかりました」

怒気と殺気がほとばしる指令にも、狗王は飄々《ひょうひょう》とした態度のまま、しかし諾々と応じていた。そうしなければ、狗王自身が粛清されかねなかったのだ。


ひと気のない夜の小路《こうじ》を、兵太はひた走っていた。多情丸の前では余裕綽々《しゃくしゃく》であったのに、いまはその顔に、追われる者の恐怖をにじませている。

幾度も転び、水干は泥まみれだった。息はあがり、体力は相当削られていたが、それでも彼は足を止めようとはしない。止まれば命はないと理解していたからだ。幾度も後ろを振り返っては、懸命に先へと急ぐ。

空には獣の爪のように細い月しか出ておらず、家もまばらで、あたりはとにかく暗い。そんな暗闇の果てから、川音が聞こえてきた。いつの間にか、都の東を流れる賀茂《かも》川までたどり着いたのだ。

兵太は賀茂川に架かる橋へと歩を進めた。理屈ではなしに、あの橋を渡りきりさえすれば助かるような予感がしていた。

橋のほぼ中央まで来たところでよろけ、欄干にもたれかかる。一度歩みを止めると、どっと疲労が押し寄せてきてしまい、兵太はその場に片膝をついた。はあはあと荒い息をつきながら、額に浮いた汗をぬぐう。

立ち止まると、背中を流れ落ちていく血のぬるみが、いやでも感じられた。忘れていた傷の痛みが、じんじんと響いてくる。無理をして走ったせいで、傷口が開いてしまったらしい。

兵太はまた背後を振り返った。

たぶん、逃げ切れたはず。きっと今度も誰もいないはず。いくらなんでも、ここまでは追ってこられまい。——と期待していたのだが。

橋のたもとに、先ほどまではなかったはずの人影が立っていた。

遠目でもわかるほど鼻が高く、獲物を狙う猛禽《もうきん》のごとき印象を与える。狗王だ。

兵太は狗王の名までは知らなかった。が、多情丸の近くで目を光らせていた姿は、すでに見ている。

「ひ、ひぃ……！」

情けない声をあげ、兵太は再び走り出そうとした。が、足がもつれて三歩も進めない。その間に、狗王がゆっくりと橋を渡ってきた。橋の底板は、彼の歩みに合わせて、ぎし、ぎしと軋《きし》んだ。

「馬鹿な真似《まね》をしたものだな」

歩きながら、淡々と狗王は言った。

「同情はしない。多情丸を強請《ゆす》ろうなどと愚かなことを考える輩《やから》には」

兵太は懐に手を入れ、石つぶてをつかんで狗王に投げつけた。〈つぶての兵太〉と呼ばれていた時期もあり、手負いであっても狙いははずさないと自負していた。しかし、狗王はほんの少し首を傾《かし》げただけでつぶてをかわしていく。歩調すら変化はない。

追い詰められた兵太は、絶望と憤怒《ふんぬ》が綯《な》い交《ま》ぜになった声をあげた。

「お、愚かとはなんだ。やつは、おれの弟に全部の罪をなすりつけた上で殺したんだぞ。そんな弟の無念を、兄のおれが晴らそうとして何が悪い！」

「復讐《ふくしゅう》ならわかる。しかし、おまえがしたことは、ただの強請りだろう？」

どれほど叫ばれようと、狗王の冷淡さは変わらない。

「所詮は多情丸と同じ穴の狢《むじな》だな」

事実のみを指摘し、狗王は腰の太刀を抜いた。磨かれた刃《やいば》は、ほんのわずかな月光をもはじいて冷たく輝く。

恐怖に駆られた兵太は、悲鳴を放ちながら橋の欄干から身を乗り出した。単に狗王から距離をとりたかったのか、それとも逃げようとしたのか。あっと叫んだ次の瞬間には、彼は真っ暗な川面《かわも》へと落下していた。

暗闇に大きな水音が響き渡る。狗王は抜き身の太刀をだらりと下げて、川を覗《のぞ》きこんだ。が、彼の鋭い目をもってしても、川に落ちた男の姿を視認することはできなかった。

細い月が夜空に浮かんではいるものの、明かりの役目はほとんど果たしていない。賀茂川の真っ暗な河原《かわら》を見廻して、

「暗いですねえ」

と、宗孝はわかりきったことをつぶやいた。対して宣能《のぶよし》も、

「ああ、暗いねえ」

と、わかりきったことを返す。ただし、そこからが違った。

「だが、こういう闇夜にこそ、われらが求めてやまぬ怪しのモノどもが現れ出《い》でてきそうではないか」

「わたしは求めておりませんけれど……」

小さな声で宗孝は本音をつぶやいたが、あっさり聞き流されてしまった。どうせ、そ

うなるのでしょうよと、今度は心の中でつぶやく。

宣能はお構いなしに嬉々《きき》として言った。

「さて。今宵、われらが求めしは、もの言う溺死体」

「も、もの言う溺死体！」

死んだ者がしゃべるはずなどない。あるとすれば、それこそ怪異だ。しかも溺死体がとなれば、おぞましさはさらに増す。宗孝は想像しただけで身震いを禁じ得なかった。

宣能は宗孝のその反応をじっくりと目で楽しみつつ、子細を語った。

「これは近衛府《このえふ》の舎人《とねり》から聞いたのだけれどね。ある男が夏の夜、涼を求めて賀茂川の河原をそぞろ歩いていたのだそうだ。すると、誰かが岸辺に俯《うつぶ》せになって倒れているではないか。思わず駆け寄ったものの、男はすんでのところで立ち止まった。近くで見れば、相手が息絶えているとすぐわかったからだ」

この時代、死は穢《けが》れとみなされていた。身内から死者が出るなど死に関われば、物忌《ものい》みと称して公務への出仕を一定期間停止するなどの対応が求められたのだ。

「迂闊《うかつ》に死体に触れれば、穢れが伝染《うつ》りかねない。どうしたものかと男が決めかねていると――」

「と？」

そのつもりはなかったのに、つい宗孝は訊《き》き返してしまった。宣能は待っていたよとばかりに溌剌《はつらつ》と言った。

「溺死体はがばりと身を起こして大声で叫んだ。『おれを殺したのは隣人の某《なにがし》だ！』」

死体の台詞《せりふ》部分を、宣能は実際に大声で表現した。唐突に入った演出に、宗孝は意表を衝《つ》かれて腰を抜かしそうになる。宣能は口もとに直衣《のうし》の広袖を寄せ、嬉《うれ》しそうにくすくすと笑った。

「いいね、その顔。右兵衛佐と夜歩きをしていると本当に楽しいよ」

「そ、そうですか。それはようございました……」

自分にとっては全然よくない。いや、こうして中将さまに喜んでもらえれば、めぐりめぐって、いつか自分の得にもなるはずなのだから耐えなくては——と宗孝はおのれに言い聞かせる。そう言うと欲得尽《ず》くの付き合いのようにも聞こえるが、もはやそうではなくなっているのは当人も自覚済みだった。

宣能の怪談語りはまだ続いていた。

「叫んだ溺死体はばたりと倒れて、それきり動かなくなった。男はすぐさま検非違使《けびいし》を呼び、自分の見聞きしたことを伝えた。さっそく検非違使が調べを始めると、死体に告発された隣人の某は『以前からあやつとは不仲で、ある日とうとう……』とおのが罪を告白し、事件は見事解決したのであった——というのだよ」

「な、なるほど。天網恢々疎《てんもうかいかいそ》にして洩《も》らさず、悪事は必ず露見する。死人にも口はあったということですね」

「うん。というわけで、もの言う溺死体を探そうではないか」

「いえ、いえいえいえ」

宗孝は激しく首を横に振った。

「事件は解決したのですから、もの言う溺死体はもう現れないでしょうに」

「いやいや、本人はまだ訴え足りないかもしれないし。それに、他の溺死体も、その手があったかと右に倣《なら》うやもしれないし」

「倣いませんよ。それに、仮にですよ。もの言わぬただの死体だとしても、うっかり触れれば穢れが伝染るのですから、近寄らぬのが吉ですとも」

しかし、宣能は平気な顔で、

「いまさら穢れのひとつやふたつ。加持祈禱《かじきとう》をさせて、何日か物忌みすれば済む話だよ」

「そんな、あっさりと……」

同調はできないものの、宣能を置いてこの場を去ることもできない。結局、賀茂川沿いをふたりでそぞろ歩く羽目になった。

夜はだいぶ涼しく、草むらからは虫の音も聞こえて、情緒はなくもない。話題も怪異《かいい》譚《たん》に限らず、宮中での噂《うわさばなし》話などにも広く及んでいく。

「ところで、また初草《はつくさ》のところへ行って、遊び相手をしてくれないかな」

「はい、そうしたいのは山々なのですが……」

「例の〈笊《ざる》かぶり〉の件か。大丈夫、初草ももう気にしていないよ」

「とてもそうとは……」

許しを乞う文も出したのだが、初草からの返事は届いていない。笊の付喪神《つくもがみ》だと誤解された件で、いまだご立腹中なのだとしか思えなかった。

「だったら、なおさらご機嫌取りに顔を見せてやっておくれ。わたしだって、このところ、弘徽殿の女御さまのご機嫌取りをしているくらいなのだからね。ああ、そういえば」

宣能はくすっと、小さく思い出し笑いをした。

「先日、叔母上《おばうえ》の名代として詣でた神社で、春若君《はるわかぎみ》と偶然出逢ったよ」

「春若君とですか？」

「ああ。真白の君との良縁祈願をしに、こっそり来ていたらしいよ。ほら、〈夏の離宮〉で『わたしの妻は真白ひとりだ』と宣言したじゃないか。ところが、具体的な策は何も思い浮かばず、それでさっそく神頼みに走ったようだ。しょせんは童《わらわ》だな。かわいいものだ」

従兄弟《いとこ》間の密約については秘し、笑い話として宣能は語った。そんなこととは知らない宗孝も、春若の宣言に関しては笑い飛ばすことができずに微妙な顔になる。

「中将さまは、初草の君の未来の夫が、別の女人に夢中でも気になさらないのですか？」

思わず訊いた直後に、「すみません、立ち入ったことを」と、あわてて口を押さえる。

宣能は怒るどころか、その問いかけを待っていたかのように目を細めた。

「わたしはむしろ、初草の入内《じゅだい》がなくなればいいと思っているよ」

その希望自体は、宗孝もさほど意外には思わなかった。宣能が妹を溺愛していること、初草が春若をむしろ敬遠していることは、すでに知っていたからだ。

「ですが、それでは右大臣さまが」

「ああ。父が納得しないだろうね。叔母上も初草の入内を推しているし。でも、東宮妃《とうぐうひ》になったところで、初草は幸せになれない気がして仕方がないのだよ」

急に口調の真剣みが増した。宗孝も釣りこまれて息を呑《の》む。

宣能が何を考えているのか、読めないだけに不安だった。このところ、嫌いなはずの実父に無理をして従っている分、憂さをためてはいないかと心配していたのだ。挙げ句、妹かわいさが高じて無謀な行動に走らねばよいがと、宗孝は案じられてならなかった。

「中将さまのお気持ちもわかります。ですが、春若君も大人になれば、いまより落ち着かれるかもしれませんし、姉への恋心も案外、簡単に冷めるやもしれません。先のことは誰にも推し量れないのですから……」

とりあえず無難な方向へと、宗孝は話を振ってみた。宣能は意外にあっさりと、

「そうだな。先のことは誰にも推し量れないな」

そう言って、いつもの彼に戻った。ただし、そのあとのつぶやきは、小さすぎて聞き取れなかった。

「……やはり四、五年はかかりそうだ」

「はい？　いま、なんと」

訊き返しても、宣能は「いや。なんでもないよ」とはぐらかす。

その直後、宣能がぐっと眉をひそめた。気づいた宗孝が問う。

「どうかしましたか？」

「いや……」

言葉を濁した宣能は、続けてあっさりと言った。

「今宵はもうあきらめるとしようか」

「そうなのですか？」

いつもより早いような気はしたが、溺死体探しを切りあげてくれるのなら、それはそれでありがたかった。

「では、お送りしますよ」

「いや、ここで別れよう」

「えっ？　ここで？」

「そのほうが、きみにも都合がいいだろう？」

確かに、ここで別れたほうが、宗孝にとっては家への近道になる。しかし、夜道を宣能ひとり行かせることに宗孝は抵抗を感じていた。

「いえ、お邸《やしき》までお供しますとも。夜の都は何かと物騒ですから」

「そんなに心配せずとも、わたしも武官の端くれだよ。それに夜歩きなら慣れているし」

「ですが、やはり」

「それにね」

宣能は少しだけ身体《からだ》を宗孝のほうに傾け、小声でささやいた。

「そのまま振り返らずに聞いておくれ。いま、近くに父が放った監視役がいることに気づいたのだよ」

「えっ？」

反射的に振り返りそうになったが、宗孝はその衝動を懸命に抑えた。

「そうそう。振り返らないようにね」

笑いを含んだ口調で言い、宣能は宗孝の肩を軽く叩《たた》いた。

「だから、わたしはひとりではないことになる。心配は無用だとも。右兵衛佐こそ、帰りは気をつけて」

「あ、はい。そういうことでしたらば……」

宗孝の肩から手を離し、宣能が背を向け歩いていく。おそらく、彼が行く先に、右大臣が放ったという監視役がひそんでいるのだろう。

宗孝は見送るふりをして、宣能の行く手に目を凝らした。その甲斐《かい》あって、ずっと先の路傍の木の下に、うっすらと人影が見えたような気がした。

（たぶん、あれだな。本当にいたんだ。ならば中将さまのおっしゃる通り、心配無用か）

安堵《あんど》すると同時に、無意識のつぶやきが洩れる。

「監視役、か……」

宗孝はあわてて袖で口を押さえた。そんなことをしなくても誰にも聞かれはしないと気づいて、すぐに手を下ろす。

それに、監視役と称すると不穏だが、親が息子の身を案じてひとを差し向けたのだと考えれば、話は違ってくる。

「うん。きっと、ともに過ごす時間が増えた分、親子のわだかまりも融《と》け始めている、のかな？」

どうか、そうであってくださいとの願いをこめ、今度は意識的に声に出す。自己満足かもしれないが少しだけホッとして、宗孝は自分の家をめざし、歩き出した。


宗孝がしばらく見送ってくれていたのは、宣能も肌で感じていた。

律儀だねえ、きみは。——と、声には出さず、唇だけ動かしてつぶやく。気遣いが嬉しくないわけがない。が、同時に厄介だなとも思っていた。

純朴と評してもいいほど、ひとのいい宗孝が、こちらの本当の考えを知ったら、どう出るか。それが宣能の危惧するところだった。

きっと、あきれるだろう。怒るだろう。おそれ、離れようとするかもしれない。どちらにしろ、宣能の望むほうに流れる可能性は低い。だからまだ、宗孝にすべてを打ち明けるわけにはいかなかった。

宣能が近づくと、木の下にたたずむ人影は自ら姿を現した。狗王だった。

むこうが口を開く前に、宣能から先に問いかけた。

「右大臣から、わたしを監視するように言われたのかな。それとも、多情丸のほうから?」

「いいえ。どちらでもありませんよ。仕事帰りに偶然、お見かけしたまでです。邪魔にならぬようにと気を遣って離れていたのですが」

「本当に？」

「いまさら嘘など」

「なんだ。そういうことなら、右兵衛佐ともう少し溺死体探しを続けていればよかった」

「溺死体探し？」

「ああ。もの言う溺死体の話を知らないか？」

知りませんと答えた狗王に、宣能は溺死体の告発噺《ばなし》をしてきかせた。狗王は怖がる代わりに顔をしかめ、

「死体が口を利くなどあり得ませんよ」

と、にべもなく否定してくる。

「やはり、おまえは情緒に欠けるな」

「それはどうも。――せっかくですから、お邸までお送りいたしましょう」

「いや、いい」

くるりと背を向け、歩き出した宣能のあとから、

「そう、おっしゃらず」

と、狗王がついてくる。

しばらくはふたりとも無言だったが、やがて宣能のほうが先に口を開いた。

「──多情丸はどうしている？」

氷のように冷たい口調の問いに、狗王は余裕で返す。

「気になりますか」

「いずれは父に代わって、わたしがやつと組むことになるのだ。どんな男か、より知っておきたいと思うのは不思議ではあるまい？」

多情丸のことを知りたがるのは、何もそれだけが理由ではなかった。

その昔、まだいたいけな少年だった頃。乳母と牛車《ぎっしゃ》に乗り、洛外の別荘へと向かっていたときに盗賊たちに襲われ、乳母は幼い宣能をかばって負傷し、命を落とした。そのことが、宣能の人格形成に暗い影を落としたのは、言うまでもない。

乳母を斬った凶賊の顔を、宣能はいまだにおぼえていた。酷薄な面相に、不釣り合いな泣きぼくろが印象的だった。公にはできないことも命じられる便利な男として、父に多情丸と引き合わされたとき、宣能はその泣きぼくろを多情丸の顔に見出《みいだ》したのだ。

いずれ必ず、乳母の仇《かたき》を討つ。そんな誰にも言えない決意を、あれ以来、宣能はずっと胸に秘めている。

「あまり知りすぎるのもどうかと思いますが」

多情丸に関して、そう前置きしておきながら、狗王は肩をすくめ、世間話でもするかのように言った。

「そうですね。この頃、あったことといえば、多情丸を怒らせた愚か者が斬り殺された。それぐらいですかね」

正確には、「斬り殺された」ではなく「手負いの身で川に落ちた。おそらく死んだだろう」なのだが、狗王にしてもそこまで詳《つまび》らかにする必要もない。

「やつが斬ったのか」

「はい。わたしが手を出す間もありませんでしたよ」

「何をやって、そこまでやつを怒らせたのだ」

「さあ、それはわたしもよく知りませんが、そういうことも間々ありますので、多情丸をあまり高ぶらせぬほうが得策かと」

狗王の嘘混じりの言葉に、おそれるどころか、宣能はふんと鼻で笑った。

「ひょっとして、わたしを脅かしている？」

「まさか。この程度でおびえる中将さまではありますまいに」

「買いかぶりだよ」

宗孝との楽しい怪異めぐりとはまるで違い、殺伐とした会話を交わしつつ夜を歩んでいく。素《す》の自分を隠す必要がない分、それはそれで悪いものではなかったのだが、宣能がそうと認めたがるはずもなかった。

宣能と別れた宗孝は、しばらく賀茂川に沿って南下していた。絶えず響く川音の中に、微《かす》かな声を聞き取ったのは、そろそろ河原から離れようかとしていた頃だった。

「えっ……？」

誰かが苦しげにうめいている。そう聞き取って、宗孝はぞっとした。

今度こそ怪異が発生したのかもしれない。何者かに殺された死体が、復讐の念が強すぎるあまり、死ぬに死にきれず、夜陰にうめき声を響かせているのかもしれない……。関わったら駄目だ。早くこの場を離れなければ。〈ばけもの好む中将〉に同行しているのならともかく、そうでないのなら怪事に首をつっこむ必要はない。

理性はそう訴えていた。宗孝もすぐにも逃げ去ろうとした。が、もうひとつの可能性、誰かが河原に倒れて苦しんでいるのかもしれないと思うと、見捨ててはいられない気になってくる。迷った末に、宗孝は声がするほうへと駆け出していた。

「どこだ。どこにいる」

呼びかけに応じ、うめき声が心なしか大きくなった。そちらに進んだ宗孝は、水際に倒れている男をすぐに発見した。全身ずぶ濡《ぬ》れだが、うなっている段階でもはや溺死体ではあるまい。

「大丈夫か」

駆け寄った宗孝は、うつぶせになっていた男を抱き起こした。ううとうめいて、男は薄目をあけた。

壮年のその男に、宗孝はまったく見おぼえがなかった。

烏帽子は流されたのだろう、乱れた濡れ髪が無精髭の目立つ顔にべたりと張りついている。呼気は荒い。宗孝は男を抱き起こした手に、ぬるりとした感触をおぼえた。血のぬめりだ。

「怪我《けが》をしているのか？　おい、聞こえるか？」

宗孝が大声で問うと、男はひゅうひゅうと苦しげな息を吐きながら応えた。

「多情丸に……。多情丸に、やられたと、伝えてくれ……」

「多情丸に？」

宗孝もその名は専女衆《とうめ》から聞いて知っていた。裏社会の人間で、自分とは直接、関わることはない相手だと思っていた。まさか、こんな形で突きつけられることになろうとは。

戸惑いながらも、瀕死《ひんし》の男の懸命な訴えを無下にもできず、宗孝は重ねて問うた。

「誰にだ？　誰に伝えればいい？」

男の返事は、さらに意外なものだった。

「陰陽師《おんみようじ》の、歳明《としあきら》……」

「歳明だって？」

宗孝の声が裏返る。市井の陰陽師たる歳明とは、宣能との怪異探しの途上ですでに知り合っていたのだ。

無精髭の男は宗孝の困惑に気づかず、うわごとのように言い続けた。

「例の、物を……、右大臣に……」

「う、右大臣さまに？」

次から次へと意外な名前が出てくる。宗孝はすっかり混乱してしまった。目の前のずぶ濡れの男が、右大臣と接点の持ちようもない、身分の低い者であることが一目瞭然だったから、なおさらだ。

「いったい、なんなのだ。その例の物とは。多情丸や歳明だけならともかく、なぜ右大臣さまが関わってくるのだ」

いだいて当然の疑問だった。しかし、男は突然、がくりと頭を下げ、それきり動かなくなった。そのときになって初めて、宗孝は男の背中の傷に気がついた。水干の背を大きく斜めに走るのは刀傷に相違なかった。

「多情丸にやられたとでもいうのか……」

おののく宗孝の脳裏に、殺人者を告発した溺死体の話がよぎった。目の前の死体がいまにも顔を上げ、「おれを殺したのは多情丸だ！」と叫びそうで、よりすさまじい恐怖が襲ってきた。

ひとたび、そう感じれば、もはや理屈ではなくなる。川音が物の怪のうなり声に聞こえ、周囲の暗闇には血に飢えた魔獣が群れを成してひそんでいるような心地がしてしまう。

「う、うわぁ……」

遅ればせながら悲鳴をあげ、宗孝は事切れた男から離れると、その場を駆け出した。河原の小石を蹴立て、走って、走って、ひたすらにわが家を目指す。川音が聞こえなくなっても、そのまま走り続けた。

ようやく邸にたどり着いたときには、全身汗だくで息も絶え絶えだった。ふらふらになりながら門をくぐり、庭を横切り、簀子縁《すのこえん》から上がって自室へと向かう。誰かを呼ぼうという気は起きなかった。

同じ邸の寝殿《しんでん》には、両親が住んでいる。渡殿《わたどの》で繋がれた別棟には、現在、異母姉の梨壺の更衣が里帰り中だ。

父親は齢《よわい》七十を過ぎている。梨壺の更衣は乳飲み子の姫宮を抱え、近々後宮へ戻る予定だ。年老いた父に余計な心配はかけたくなかったし、せっかく更衣が華やかな宮中へと戻ろうとしているのに、そこに穢れを持ちこむような真似はできなかった。

（まずは部屋に戻ろう。装束《しょうぞく》を着替えよう。それから、身体を拭き清めて、明日の出仕をとりやめて――）

やらねばならぬことを頭の中で数えあげつつ、妻戸《つまど》をあけようとする。その途端、背後から声をかけられた。

「宗孝？　いま帰ったの？」

びくっと身を震わせて振り返った先にいたのは、宮中で小宰相と呼ばれている、十一番目の姉だった。八番目の姉である梨壺の更衣に、女房として仕えている彼女は、更衣といっしょに宮中から宿下がりをしていた。

「あ、姉上？　何か御用で？」

「何って、今宵は中将さまと出かけると聞いていたから、首尾はどうだったか教えてもらおうと思って、あなたの帰りを待っていたのよ」

十一の姉こと小宰相は、好奇心旺盛で噂好きなところがあった。物の怪に興味はなくても、弟が〈ばけもの好む中将〉のご機嫌とりをちゃんとやれているかどうかは、常に気にしてくれていたのだ。

「大丈夫？　なんだか、ずいぶんと疲れているようだけれど。ひょっとして、真なる怪にやっと出遭えたとか？」

「いえ、そうではないのですが……」

物の怪に出くわすよりも、ひどかったかもしれない。そう言いかけて、宗孝は言葉を呑みこんだ。

自分はこの手で死体に触れた。つまり、死穢《しえ》に触れたことになる。そればかりか、都の裏で暗躍している、多情丸のような怪しい男に思いがけず関わってしまった。この災いが万が一、姉たちにまで及んだら――いくら後悔してもし足りない。

なんとしても、自分のところで止めなくては。そう決意し、宗孝は無理をして笑みを作った。どうにも顔が引《ひ》き攣《つ》っていたが、そこは夜の暗さでまぎれることを期待する。

「今宵もはずれでしたよ。怪異には遭遇できませんでした。けれども、中将さまと別れて家路についていたときに、その……」

思い出しただけで腕に鳥肌が立つ。死んだ男のことを打ち明けて楽になりたい誘惑を振り切り、宗孝は別の話をこしらえた。

「道の真ん中に犬の死骸が転がっていたのですよ。でも、夜道が暗すぎて気づかず、うっかり踏みつけてしまったのです」

「まあ」

小宰相は広袖を口もとに寄せ、宗孝から距離を置くように一歩あとずさった。

「駄目じゃないの。どうして、そんなことになったのよ」

本当に、どうしてこんなことになったのか。胸の内でそう嘆きながら、宗孝はすみま

せんと謝った。その殊勝な姿に小宰相も気の毒に感じたのか、

「あなたが悪いわけじゃないわね。ただ運が悪かったというか、悪すぎたというか……。とにかく、それならそれで物忌みをしなくてはね」

「はい。明日からさっそく、物忌みに入ろうかと思います。二、三日程度で済むとは思うのですが、そのあたりは明日、陰陽師にでも相談してみます。更衣さまがおられる対屋《たいのや》にはけッして近づきませんから、どうかご安心を」

更衣には迷惑をかけぬ旨を強調すると、小宰相はうんうんと何度もうなずいた。

「そうしてちょうだい。……あなたもいろいろと大変ね」

ですよね……と、宗孝もその点は認めざるを得なかった。

二

翌日は晴れ渡り、青い空と白い大きな雲との対比がくっきりと出ていた。

降り注ぐ朝の陽光を、賀茂川の流れがはじいて乱反射させている。いつもの風景のはずが、今日に限っては河原の一角には数人のひとだかりができていた。

彼らが取り囲んでいるのは、うつぶせになった男の死体だ。死体の背中には大きな刀傷が斜めに走っている。

野次馬の中には、何か金目の物を持っていないかと、大胆にも死体の懐に手を突っこんでいる者もいた。彼らにとっては、死の穢れよりも、明日の暮らしの足しになる物を探すほうが大事だったのだ。

そこへ、見るからに厳《いか》めしい風貌の検非違使《けびいし》たちが近づいてきた。検非違使とは、この時代の警察機構だ。死体など平安京ではさして珍しくもないが、刀傷を負っているとなると話は違ってくる。治安維持のためにも、いちおうは介入する姿勢を示さなくてはならない。

「ほらほら、どいた、どいた」

検非違使たちは長い棒を振りまわし、野次馬を追いはらい始めた。夜盗よりも横暴な検非違使にはとても逆らえず、野次馬たちは文句を言いながら、蜘蛛《くも》の子を散らすように逃げていく。

河原を見下ろす土手の上には、直垂《ひたたれ》姿の男――狗王が立っていた。一連の光景を腕組みして眺めていた彼のもとに、さっきまで野次馬に交じって、死体の懐を探っていた男がふたり、駆けていく。面長と丸顔の彼らは、狗王の手下だった。

「どうだった？」

狗王の問いに、ふたりはそろって首を横に振った。

「石つぶてがふたつ、三つ、入っているだけでした」

面長がそう言い、丸顔が手を広げて、そのつぶてを狗王に見せる。

想定通りの結果だった。死体は兵太で、多情丸が求めていた文は携えていない。

「命の保証になる物を持ち歩くような馬鹿は、さすがにしないか」

独《ひと》り言《ご》ちてから、狗王は手下たちに命じた。

「やつが多情丸に会う前に、どこに立ち寄り、誰と話したかを調べろ」

はい、と手下のふたりは声をそろえ、土手を走り出した。狗王もそこまでは知りようがない。川に落ちたあとにも宗孝と遭遇していたのだが、狗王もそこまでは知りようがない。見た目にはいささか頼りなげではあるものの、彼らが狗王に忠実なのは、その様子からも充分うかがえていた。


賀茂川の河原の水際に、男がうつぶせに倒れている。

すでに陽《ひ》は高く昇っているのに、倒れている男以外、周囲には誰もいない。河原だけでなく、対岸にも人影が見えないのだ。空にも暗い雲が不気味に渦巻いている。いかにも不自然で、不吉な気配が濃厚だった。宗孝は内心、厭《いや》だな厭だな、怖いな怖いなと戦《おのの》きながら、男のもとへと歩を進めていく。

男の背中には斜めに刀傷が走っていた。血は止まっていたものの、すでに事切れているのは明らかだった。

触れてはいけない。触れたら穢れが伝染ってしまう。頭ではそうわかっていても、身体は前へと進んでいく。自分自身のことなのに、自分の意志が反映されない。

宗孝は男の傍らで立ち止まった。身を屈《かが》めようとした矢先、それまで微動だにしなかった男がいきなり顔を上げた。白濁した目。無精髭の目立つ顔に濡れ髪を張りつかせて、男は叫んだ。

「おれを殺したのは多情丸だ！」

その瞬間、宗孝はハッと目を醒《さ》ました。

自室で彼は褥《しとね》に横たわっていた。すでに朝になっている。戸の隙間から洩れる陽射しは明るく、蟬《せみ》の声も聞こえている。いまのは夢だったのだ。

宗孝は口から大きく息を吐き、胸に手を当てた。心の臓はどくどくと激しく脈打っている。しばらくは胸の鼓動もなかなか落ち着かなかったが、ようやく気を鎮めて、宗孝はのろのろと身を起こした。

遠慮がちに家人《けにん》を呼んで、洗顔用の水を持ってきてもらう。彼が穢れに触れたことはすでに伝わっていたらしく、家人は角盥《つのだらい》に張った水と朝餉《あさげ》を運んできたものの、どちらも部屋の入り口に置いて、中には入ってこない。胸中は複雑だったが、仕方がないとあきらめ、宗孝は角盥を部屋に引き入れて顔を洗い、ひとりで朝餉を頰ばった。

食事を終えた宗孝は文机《ふづくえ》に向かい、筆を手に取った。宣能に文を出さなくてはと思い立ったのだ。

昨日のことを、まずは宣能に相談したかった。多情丸や歳明のことは、宣能も知っている。まして、彼の父親の右大臣まで関係してくるとなれば、伝えないわけにはいかない。

思いがけぬ事態と遭遇したので、ぜひとも逢ってお話ししたく——としたためようとして、宗孝の手が止まった。

「あっ……。しまった、物忌み中だったんだ」

となると、迂闊に逢いには行けない。宗孝はうーむとうなって額に手を当てた。

宣能なら穢れを厭《いと》わないと知っていても、宗孝のほうに遠慮する気持ちがあった。かといって、文に昨夜の出来事を詳しく書き綴《つづ》るのも、事が事だけにまずい気がしなくもない。

「さて、どうする……」

弱りはしたが、すぐに良案を思いついた。

「そうだ。先に歳明のもとに行って、事情を確認しておいてもいいかもしれない」

歳明とは知らない仲ではない。しかも、相手は本物の陰陽師だ。陰陽寮《おんみようりよう》に属した官人陰陽師ではなく市井の者だが、占いや祈禱などはひと通りできるだろう。ならば、ついでに穢れの祓《はら》いをしてもらえば、一石二鳥だ。

さっそく家人を呼び、宗孝は陰陽師のもとに行く旨を伝えた。昼間でもあるし、あまり大ごとにはしたくないからと、目立たない恰好《かっこう》でひとりで出かけていく。

歳明の住居は、庶民の小さな家々が建ち並ぶ界隈《かいわい》に位置していた。大荷物を背負った物売りが声高に客を呼びながら行き交い、小さな子供たちは路上で追いかけっこに興じている。にぎやかで活気に満ちていて、そんな中に身を置いていると、昨夜の出来事はすべて夢だったのではないかと思えてくる。

だが、ひとたび陽が沈めば、このあたりも完全に闇に包まれる。通りからは人影が消え、代わって凶悪な夜盗や百鬼が横行するのだ。

宗孝は自分の想像にぞくりとしながら、狭い路地に入った。たぶん、このあたり——と思いつつ進み、路傍で休んでいた老女に道を尋ね、やはりここでよかったのだと安堵して、さらに進む。

やがて、低い柴垣《しばがき》に囲まれた粗末な家が見えてきた。垣根越しに中を覗くと、水干姿《すいかん》の三十前後の男が庭先にしゃがみこみ、草むしりに精を出していた。

「歳明か？」

宗孝が呼びかけると、男は顔を上げ、「あ」と声を発した。

「ええっと……、右兵衛佐さま」

宗孝の役職名をつぶやき、歳明は立ちあがって、頭を下げた。彼のほうが年上ではあるが、身分の違いをわきまえて対応は丁寧だ。

「これはこれは、このようなところにお越しとは。どうかされたのですか？　いつもごいっしょの中将さまは？」

「今日はわたしひとりだよ。実は、訊きたいことがあって」

「わたしにですか？」

「ああ。いま、いいかな」

「はい。むさ苦しいところですが、よろしければどうぞ」

宗孝は招かれるままに庭を横切り、家へと上がりこんだ。

ぐるりと見廻せば、すべてが目に入るような狭い家だ。調度品も必要最低限しかない。文机の上に文箱《ふばこ》と書きかけの呪符が置かれているのが、唯一、陰陽師らしかった。

「ひとり住まいなのか」

「ええ。わたしの稼ぎでは家族など持てませんよ」

本人にはとても言えないが、確かに歳明は陰陽師という肩書きの割にそれらしさは乏しく、見た目もいまひとつパッとしなかった。かといって悪い人物ではなく、

「円座《わろうだ》もひとつしかなくて、すみません」

ひとつだけの円座を勧めてから、歳明は水を持ってきてくれた。

「ろくなものがなくて、すみません」

低姿勢ですみませんを連発してくる。

「いや、こちらも急に押しかけてきたのだし」

暑い中をここまで歩いてきた身にとっては、ただの水でもありがたかった。

宗孝が喉を潤《うるお》すのを待ってから、歳明は言った。

「それで、わたしに訊きたいこととはなんなのでしょうか」

「うん。その前にひとつ、頼みがある。実は、昨夜、うっかり死体に触れてしまってね。だから、ぜひとも祓いをしてもらいたいのだが」

「おやおや。それは構いませんが、なぜにまた、そのような目に」

「中将さまの怪異探しにお付き合いして、夜歩きに出たのだよ。幸い、何事も起こらなかったのだが、別れてひとりで賀茂川沿いを歩いていたときに――」

宗孝は無精髭の男を発見したくだりを説明した。男が多情丸の名を口にしたことを告げると、歳明の顔は引き攣り、さらに彼本人の名が飛び出すと陰陽師はますます挙動不審になった。

「ええっと、それは……」

「心当たりがあるのだな？」

返事をためらう歳明に、宗孝はさらに言った。

「男は最後に『例の物を右大臣に』と言って事切れた。わたしはそのときになって初めて、男の背中に刀傷が走っていることに気がついた。恥ずかしながら、おそろしくなってそのまま逃げ帰ってしまったのだが――これはどういうことかな？　よければ、知っていることをすべて話してもらいたいのだが」

「そう言われましても……」

所在なげに視線をそらして、歳明はもごもごとつぶやいた。

「世の中には知らぬほうがいいこともございますから……」

その言葉に、宗孝はふと既視感をおぼえた。いつだったたか、十番目の姉から似たようなことを言われたのだ。

宗孝の十番目の姉、十の君は数年前から行方不明となっていた。自ら姿を消したのである。父親の権大納言と意見の相違があったというふうにも聞いてはいたが、本当のところは誰にもわからない。

それが去年の夏以降、彼女はしばしば宗孝の前に現れるようになった。ときには物怪のふりをし、ときには男装、ときには美しい女房姿で。ふいにやって来ては、宗孝や姉妹たちの窮地を救ってくれるのである。

ただし、戻ってきてほしい、老齢の父を安心させてやって欲しいとの願いには応じてくれない。なぜと宗孝が問うと、先ほど歳明が言ったようなことを返してきた。

何か目的があって身を隠し、謎めいた行動をくり返しているのだろうとは、なんとなくうかがえた。危険なことには手を染めて欲しくない、助けられるばかりではなく十の姉の役に立ちたい。宗孝はそう願っていたが、いまだに果たせてはいない。

宗孝は十の姉の颯爽《さっそう》とした姿を思い浮かべながら、つぶやいた。

「しかし、ここまで関わってしまったからには、知らぬままでは済ませられぬよ」

本当にその通りだな、と自分でも納得し、歳明の説得を続ける。

「どうか、聞かせてはくれまいか。殺された男は何者なのか。多情丸とどう繋がっているのか。例の物とはなんなのか。それをなぜ、右大臣さまに届けなくてはならないのか。ああ、そうだ。それと穢れの祓いも忘れずに頼む。あるのなら、悪夢よけの祈禱も頼みたい。死穢に触れたせいか、おそろしい夢を見てしまって……」

「やることが多すぎますよ」

歳明は苦笑すると、観念したようにぽつり、ぽつりと語り出した。

「あの男は兵太と名乗っておりました。自分は字が書けないから、代わりに一筆したためてほしいと代書を依頼しに来たのです」

「そうか。呪符が書けるなら文字も書けるか」

宗孝は文机の上の呪符に目を走らせ、納得した。

「書きあげると、自分の身に何かあったら、その文を右大臣さまに届けて欲しいと頼まれました。さすがにそこまでは請け負えないと再三、断ったのですが、やつは文を無理やり押しつけて飛び出していってしまい――」

歳明は嘆息し、文机の上の文箱に目をやった。おそらく、あの文箱の中に右大臣宛ての文が収められているのだろうと、宗孝は睨《にら》んだ。

「案の定、多情丸に殺されましたか。非情な男だと噂には聞いておりましたので驚きはしませんが……」

「だったら、死相が見えるからやめておけとでも言えばよかったのに」

「まさか。わたしに死相なんて見分けられませんよ」

「いやいや、本職の陰陽師なのだから、それくらいはやろうよ。というか、やれずとも、やれるふりをすればよかったじゃないか」

「いまにして思えば、そうなんですけれどね」

後悔をにじませて、歳明はまたため息をついた。宗孝もこれ以上、彼を責めるのは酷な気がしてきた。

「まあ、その……、兵太だったか、その者が言った通り、文を右大臣さまに届けるしかないか。供養だと思って」

「そうしたいのは山々ですけれど、わたしごときが右大臣さまのような雲の上のおかたに文を届けても……」

弱音を吐いていた歳明は、中途であっと声をあげた。

「右大臣さまは、あの〈ばけもの好む中将〉さまのお父上でしたよね？」

「うん。だな」

「では、中将さまに文をお渡しすれば、間違いなく右大臣さまのもとに届きますよね？」

どうだろう、と宗孝は腕組みをして考えてみた。

宣能は父親を嫌っている。少し前だったら断られたかもしれないが、いまは親子でともに過ごす機会も増えている。文ぐらいなら取り次いでもくれるだろう。

「うん、大丈夫だと思う」

「よかった」

心《しん》からホッとしたように、歳明は相好《そうごう》を崩した。

「では、中将さまにお引き合わせ願えますか？」

「いいとも。乗りかかった舟だし。あ、その前にわたしの祓いを頼む」

「はいはい。では、ささっと片づけてしまいましょう」

「ささっとでは困るよ。しっかり祓ってくれよ」

「はいはいはい。では、狩衣《かりぎぬ》に着替えますので少々、お待ちを」

重ねられる「はい」に本当に大丈夫かという気にもなったが、いまさら別の陰陽師を頼るあてもなく、宗孝も贅沢《ぜいたく》は言っていられなかった。

広大な右大臣邸の対屋の一室が、初草のための部屋だった。

充分すぎる広さのそこに、足の踏み場もないほど大量の絵巻物が広げられている。王朝文学の代表格『源氏物語』や『伊勢物語』だけではなく、有名寺院の縁起絵巻なども交じっている。いずれにしても、あざやかな色彩で美しい貴公子や姫君、聡明《そうめい》そうな高僧などが描かれ、綺羅綺羅《きらきら》しい金箔《きんぱく》や銀泥で飾られている。さらには、色とりどりの鉱石のかけらを収めた箱が複数、絵巻物といっしょに置かれていた。

絵巻と鉱石に囲まれ、初草は熱心に文字に見入っていた。頭には笊《ざる》が載っている。そんな〈笊かぶりの姫君〉の脇には、九の姉が女房として控えていた。

初草は身を起こすと、笊を下ろしてため息をついた。

「この石はいまひとつだったかも」

「では、次はどの石になさいますか?」

「そうねえ……」

迷いながら、初草は数多《あまた》の鉱石の中から水色がかった玻璃《はり》を選び出した。さっそく九の姉がそれを受け取り、笊の目にはめこむ。初草は新たな石を装着した笊を、ぽすっと頭にかぶった。

「笊がお気に入りのようですわね」

「そんなことはないわ。だって、宗孝さまに物の怪呼ばわりされてしまったもの」

拗《す》ねた口調で言われ、あらあらと九の姉は笑った。

「では、昨日届いた新しい道具はいかがです？」

「あちらのほうが軽くて便利よ。でも、長く付けていると耳が痛くなってしまうの」

「あら、そうでしたか。では、その点を姉に伝えて、さらに改良してもらいましょう」

「いいのかしら、そこまで甘えても」

「むしろ喜びますわ。あれやこれやと工夫を凝らすのが大好きなひとですから。お試し用の石も増えましたし、いろいろと楽しみですわね」

初草はうなずき、小さな声でつぶやいた。

「父上が倉の中の宝玉まで出してくださるとは思わなかったわ……」

いまだにその事実を信じられないでいる初草に、九の姉は熱心に言った。

「それはもう、大事な姫君ですもの。かわいくないわけがございませんとも。殿はきっと、胸の内を言葉になさるのがお上手ではないだけですわ」

「そう……なのかしら」

「ええ。いつか時が来れば、お気持ちをゆっくりと聞かせてくださいましょう」

それはそれで怖いような。

娘の前では、父はなぜか寡黙だった。そんな父に畏れに近いものをいだいている初草は、なんとも返事をしかねて絵巻物へと視線を戻した。石を装着させた笊を目深にかぶり、文字のほうに意識を向けようとしたが、

「全部の殿方が口説《くど》き上手の光源氏ではないのですもの。むしろ、自分の想《おも》いをうまく伝えられずにいるかたのほうが多いはずですわ。わたくしの弟もその部類ですし」

急に宗孝のことを持ち出され、初草はその必要もないのにたじろいだ。

「でも、この間は『笊の付喪神《つくもがみ》！』とはっきり言われたわ」

もう怒ってはいないはずなのに、つい恨めしげに蒸し返してしまう。

「まだ怒っていらっしゃるのですね？」

「怒ってはいないわ。怒ってはいないけれど……」

初草は笊をさらに深くかぶり、拗ねた顔を隠してから真情を吐露した。

「もう少し長く、宗孝さまには考えてもらいたいから……」

わたしのことを、と初草があえて省略した部分も汲《く》み取《と》って、九の姉は「あらまあ」とつぶやきかけた。どうにか声には出さずに済ませ、代わりに、

「弟が姫さまを煩わせてしまって、本当に申し訳ありません」

と謝る。初草は笊の端を両手で押さえて、首を横に振った。

「九重《ここのえ》が謝ることはないわ。宗孝さまが悪いのよ。いえ、宗孝さまが悪いわけでもない

のだけれど……」

何度も首を振るので笊の位置がどんどんずれていく。〈笊かぶりの姫君〉のかわいらしさに、九の姉は彼女を抱きしめてあげたくなった。

歳明が拙《つたな》かったのか、丁寧すぎたのか。

宗孝のための祓いは準備から何から予想外に時間がかかり、終了したときには申《さる》の刻（午後三時）になろうとしていた。死穢から解放された安堵と、長引いた祓いにぐったり疲れた感と、どちらが上かは微妙なところだ。

「やれやれ。では、行こうか」

「よろしくお願いいたします」

文箱を大事そうに抱えた歳明とともに、宗孝は右大臣邸へと向かった。この時刻なら、中将さまは公務を終えて邸に戻られているかもと期待して。

しかし、到着した右大臣邸の門前で、宣能への取り次ぎを家人に頼むと、「中将さまは御所《ごしょ》よりまだお戻りになっておりません」と言われてしまった。

「では……」

では、初草の君に取り次ぎを――と言いかけ、宗孝はためらった。

物の怪呼ばわりしたことを謝罪する文を出したものの、返事はもらえていない。きっとまだ初草は怒っているはずだ。そう考えると、ここで逢いたいと申し出るのもためらわれた。

仮に逢えたとしても、右大臣宛ての文を初草に託すのは、ここの親子関係を考えると複雑だ。多情丸がからんでくるような物騒な案件に、幼い初草を巻きこみたくもない。

「ちょっと待ってくれ」

家人にはそう告げ、宗孝は歳明とひそひそ声で話し始めた。

「実はな、こちらの邸にわたしの異母姉が女房として勤めているのだ。姉に文を託すというのでは駄目だろうか」

よい代案だと思ったのに、歳明は難色を示した。

「それはいささか心許《こころもと》ないかと。右兵衛佐さまが直接、右大臣さまに渡してはくださらないのですか？」

今度は宗孝が難色を示す番だった。

「いや、それもちょっと……」

宣能や初草に中継ぎしてもらえるのならともかく、直接、右大臣に相まみえるのは抵抗があった。それに、あの右大臣がいきなりの訪問に簡単に応じてくれるとも思えない。

「では、こうしよう。中将さまを捜しに御所へ向かうのだ。うまくいったら、途中で逢えるかもしれないし」

「そうですね。そうしましょうか。下手《へた》に右大臣邸のまわりをうろうろして、多情丸の手下にみつかりでもしたら、目も当てられませんからね」

「多情丸の手下」

「ええ。怖いやつがいるんですよ。名前はなんといいましたか、ちょっと思い出せませんが、鼻が天狗《てんぐ》みたいに高くて、いかにも強そうで」

「狗王……」

「そう、そんな名前でした。御存じなので？」

「ああ、まあな」

稲荷《いなり》の巫女《みこ》集団・専女《とうめ》衆が多情丸と揉《も》めたとき、狗王がその姿を見せたことがあった。状況からするに、狗王は多情丸の手先となって動いていたようだった。

狗王は宣能と浅からぬ縁がある。父親を、宣能の祖父に殺されたも同然だったのだ。さすがに復讐うんぬんとは考えていないようだが、気になる相手である点は変わりない。

（やはり、あの男は裏の世界で生きているのだな……）

それを残念に感じつつ、だったらばなおさら、中将さまとこれ以上、関わりになってくれるなよと願う。

ここで余計なことにまで気を廻していても仕方がないと思い切り、宗孝は改めて家人に向き直った。

「わたしたちは御所に行ってみる。万一、行き違いになって中将さまがこちらに戻られたなら、右兵衛佐が来たと伝えておいて欲しいのだが」

「はい、わかりました」

家人が快く引き受けてくれたので、宗孝は安心して歳明とともに御所へと向かうことができた。


その頃、公務を終えた宣能は今宵も宗孝を誘おうと、兵衛府《ひょうえふ》に顔を出していた。が、そこで聞かされたのは、宗孝が物忌みでしばらく出仕できないとのことだった。

「なんだ。つまらない」

宣能は不満たらたらで来た道を引き返した。拗ねた童のように口をへの字に曲げていることに、自分でも気づかずに。

「急に物忌みなど。いったい、どうしたというのだ。わたしと別れたあとに犬の死骸でも踏みつけたか？」

実際はもっとひどい。瀕死の男から伝言を託されたのをきっかけに、都の最も危険な暗部へと引きずりこまれかけているのだ。そうとは知らない宣能は、ぶつぶつと文句を洟らしつつ、いったん近衛府に引きあげた。

そんな彼を待ち受けていたのは、父親からの伝言だった。近衛の舎人が宣能を見るなりすぐ飛んできて、「右大臣さまが、これから弘徽殿へ向かわれるのでともに、とのことです」と告げたのだ。

「そうかい」

反射的ににっこりと微笑《ほほえ》んだものの、心の内は完全に逆だった。昨夜の続きとして、右兵衛佐とまた賀茂川に行こうと思っていたのに、よりにもよって父からの横槍《よこやり》が入ったのだ。不機嫌にならないはずがない。

とはいえ断ることもできず、宣能はその足で父のもとへ向かった。内裏《だいり》の控えの間でくつろいでいた右大臣は、現れた息子の顔を見るなり苦笑した。機嫌の悪さが露骨に出ていたらしい。

「もしかして、どこかへ出かけるつもりだったかな？」

「そのつもりでしたが、あてが外れてしまいました」

「そうか。ならば構わぬな」

低音に笑いをにじませる。その声も顔も、息子によく似ていた。宣能も知ってはいたが、気づかないふりをし続ける。

「先だって、女御さまの名代として宇治《うじ》のほうの社《やしろ》に詣でたと聞いたのだが」

「はい。この頃、女御さまは何かと臥《ふ》せりがちでしたので、お気持ちが晴れるよう、少しでもお手伝いできればと思いまして」

その社で意外な相手と出逢い、約定を結んだことは、父にも叔母にももちろん秘密だ。

「よい心がけだが、その程度では女御さまの憂さは晴れなかったらしいな。これからご機嫌うかがいに行くから、ついてくるように」

「はっ」

唯々諾々と父に付き従い、弘徽殿へと向かう。冠の垂纓《すいえい》と袍《ほう》の広袖を、黄昏時《たそがれどき》の風になびかせていく姿は、完全に父親の影と化している。宣能が表情を完全に消していたために、余計にそう見えた。

弘徽殿は後宮の中でも、帝《みかど》の住まう清涼殿《せいりょうでん》の近くに位置していた。すなわち、この殿舎を与えられた妃《きさき》は特別、格が高いとみなされることにもなる。事実、弘徽殿の女御は実家の権力を背景に、後宮一の立場を有していた。

それでも、すべてが満たされているとは限らない。夫である帝の愛情は、すでに梨壺の更衣へと移ってしまっている。東宮の母として、変わらず格別な扱いを受けているとはいえ、別の寵妃《ちようひ》の存在を容認できるものではない。

腹立たしさから、弘徽殿の女御は梨壺の更衣に対して、さまざまな罠《わな》や厭がらせを仕掛けてきた。一時はそれが功を成し、帝の寵愛が更衣から離れもした。だが、愛は戻り、女御は再び怒りを抱えこむ。厭がらせも再開したが、宗孝たちの働きにより、それらはことごとく潰《つい》えていった。

挙げ句、老齢の巫女集団・専女衆の協力を得た反撃を受け、弘徽殿の女御は心弱りを起こして臥せりがちとなった。自業自得とも言えるし、このままおとなしくしていて欲しいと願う者も少なくはない。だが、もとより気の強い女御のこと――この平穏も長くは続くまいと、誰しもが思っていた。

だからこそ、宣能も彼女の機嫌取りをしていたのだ。おそらくは、右大臣も似たようなことを考えていたのだろう。

右大臣と宣能、自身にとっての兄と甥《おい》の訪問を受けて、弘徽殿の女御は脇息《きようそく》にもたれかかっていた。今日の彼女は臥せるほどでもなかったようだが、むっつりとして、ご機嫌がいいとは言いがたい様子だった。それでも、

「女御さまにはご機嫌麗しく――」

右大臣はうやうやしく頭を下げて口上を述べた。宣能も父に倣って深く頭を下げる。

「ちっとも麗しくはありませんよ」

女御は広げた檜扇《ひおうぎ》のむこうから冷ややかに言い放った。不機嫌の理由は、すぐに彼女の口から語られた。

「近々、梨壺の更衣が後宮に戻ってくるというではありませんか」

右大臣は涼しい顔でうなずいた。

「そのような話が主上《おかみ》から出ているようですね」

檜扇を握る女御の手に、ぐっと力が入ったのが見て取れた。

「そうでなくとも、こちらは体調が優れず、寝付きも悪いというのに。夜な夜な赤子の泣き声が聞こえてくるようでは、ますます調子も悪くなるというもの。それとも、そうやって、わたくしを苦しめるのが梨壺の狙いなのでしょうか」

梨壺の更衣がそのような底意地の悪い策略をめぐらすはずもない。とは、右大臣も言わない。否定も肯定もせずに、苦笑して妹の愚痴に耳を傾けている。それが氏長者《うじのちょうじゃ》の責務のひとつだと、彼なりに解釈しているのだろう。

宣能はそこで「おそれながら」と切り出した。

「そういうことでしたらば、しばし実家《さと》で休まれてはいかがでしょう」

彼の提案に、檜扇を揺らす女御の手が止まった。右大臣はちらりと息子を振り返ったが、口は挟んでこない。宣能はさらに続けた。

「これから気候も涼しくなって参ります。物見遊山にもよき季節かと。これを機会に、あれ巷《ちまた》で噂になった巫女たちの舞などを御覧になってはいかがかと。後宮に籠もり、あれこれと思い悩まれるよりも、そうやって楽しみを増やしていかれたほうが遥《はる》かによいに違いありませんから」

「物見遊山に舞……」

女御はしばし檜扇のむこうで黙りこんだ。けれども、次第に心はずむのを抑えがたくなり、心底嬉しそうな顔になる。

「物の怪ばかりを追いかけて、とんだ変わり者と思っていましたに、いつの間にやら真っ当になって」

ひどい言われようだったが、宣能は笑みさえ浮かべて「痛みいります」と頭を下げる。

「嫡男としての自覚がようやく芽生えたようですね。右大臣の指導がやはりよかったのかしら」

「さあ、それはまだ、なんとも……」

右大臣が苦笑して言葉を濁したが、女御は聞いていなかった。彼女の心はすでに、実家に戻ってからの楽しいあれこれへと向けられていたのだ。

「では、中将の勧める通りに実家に帰るとしましょうか。それも、梨壺の更衣が後宮に戻ったその日に。よろしいかしら、右大臣？」

体調が万全ではなくとも、更衣への当てこすりの機会は逃さない。実妹であっても身分は上となる女御に、無邪気と称してもいいような口調で念を押されては、右大臣とて受《う》け容《い》れざるを得ない。

「更衣さまのお戻りの日取りもまだはっきりと決まってはいないようですが、わかり次第、手配するといたしましょうか」

「では、本当によろしいのね？」

「ええ。喜んで、女御さまをわが家にお迎えいたしましょう」

右大臣は忠臣らしく神妙に頭を下げた。ただし——女御の御前から退出し、息子とふたりきりになると、彼は閉じた扇で自分の肩を叩きながら、宣能に問いかけた。

「どういう風の吹き廻しだ？」

「どうと言われますと？　後宮の平穏を第一とするのでしたら、女御さまと更衣さまの間に少しばかり距離をとっておいたほうが得策かと思ったまでですが、ひょっとして出過ぎた真似だったのでしょうか」

「いいや。よくやったと、とりあえず褒めておこうか。女御さまのご機嫌をとっておくのは、誰にとっても有益なはずだからな。それこそ、梨壺の更衣さまにとっても」

更衣とて、女御が自分と入れ違いに後宮からいなくなれば、気まずさは感じるかもしれないが、同時に楽にもなろう。久しぶりに逢う夫と、愛《いと》しい赤子とで、つかの間でも平安を感じてもらえるには違いない。

「さすがはわたしの息子だな」

手放しで褒める感じではなく、どこか皮肉っぽく響く。宣能も「ありがとうございます」と返したものの、その表情は仮面のように硬い。

傍目《はため》には仲のよい親子に見えたかもしれない。が、彼らはまだ信頼し合うに至っておらず、互いを用心深く探り続けていた。

「中将さまならおりませんが」

宣能に逢うため、御所の近衛府にやって来た宗孝と歳明に、近衛の舎人はそう応えた。

「では、もうお帰りになられたと？」

「はあ、おそらく」

「そうか……」

宗孝はがっくりと肩を落とした。

残念ながら、彼らに応対してくれたのは、宣能に右大臣からの伝言を伝えた者とは別の舎人だった。お目当てのひとは弘徽殿で女御と会見中だとは知らず、宗孝たちは御所を出て、右大臣邸にとって返した。当然、そこでも、

「中将さまはまだお戻りになられておりません」

と言われてしまう。つくづく運がないなと、宗孝は再度、肩を落とす。すれ違ってばかりいるうちに、時間ばかりが経《た》っていた。陽は傾いて、次第に薄暮が迫ってくる。

「仕方がない。今夜はあきらめて帰るとするか」

「そんな……」

歳明は情けない声を出し、文箱を脇に挟むや、両手を合わせて宗孝を拝み出した。

「こんな中途半端なままで、わたしをひとりにしないでください。せめて、わが家までごいっしょ願えませんでしょうか」

「は？　それはわたしにおまえを送っていけということか？」

「頼みます、頼みます」

歳明は懇願の言葉を重ね、ひたすら宗孝を拝み続けた。相当、不安なのだろう。祓いもしてもらった手前、こうまで頼まれると、宗孝も無下に突き放せない。

「わかった、わかった。家まで見送ればいいんだな」

「よろしいのですか？　ありがとうございます、ありがとうございます！」

今度は熱烈に感謝の言葉を重ねてくる。しがない市井の陰陽師とはいえ、年上の歳明にそこまで必死にありがたがられるのも居心地が悪い。少なくとも宗孝には耐えがたい。

「さあさ、いいから行こう行こう」

宗孝は歳明の背中を押して、彼の家へと向かった。

途中、すれ違ったひとびとは奇異の目で彼らを振り返った。身分の差があるのに仲のよい奇妙な友人同士、と彼らの目には映ったのかもしれない。友人などという意識は、宗孝にも歳明にもありはしなかったのだが。ただし、腐れ縁のようなものは生じ始めていたかもしれない。

歳明の倹《つま》しい家にたどり着いたときには、あたりはだいぶ暗くなっていた。

「いま、明かりをつけますから、少々お待ちを」

そう告げ、文箱を小脇に抱えた歳明が先に家の中に入る。宗孝は言われた通り、庭先でおとなしく待っていた。

草むらからリーリーと虫の声が聞こえてくる。汗ばんだうなじを夕刻の風が慰撫《いぶ》していく。

今日は出仕もせず、おとなしく物忌みをするはずだったのに、蓋をあけてみれば洛中をさんざん歩き廻る羽目になり、正直くたびれ果てていた。

（でも、これでやっと帰れるな。明日には中将さまに逢えるだろうし——）

楽観的なことをつらつら考えていると、やっと家の中に明かりが灯った。と同時に、歳明の悲鳴が聞こえてくる。

宗孝はすぐさま動いた。雑草を蹴立てて走り、簀子縁《すのこえん》から家の中に上がりこむ。

「どうした、歳明」

怒鳴ったといっしょに、何が起きたかを宗孝は悟った。

へたりこんだ歳明の前に、直垂姿の男——狗王が立っていたのだ。宗孝は驚愕《きょうがく》したが、狗王はそれほど驚いた素振りもなく、少しおどけた調子で嘯《うそぶ》いた。

「これはこれは右兵衛佐さま。奇《く》しき縁ですね。まさか、こんな無能な陰陽師と親しくしていらっしゃるとは」

無能呼ばわりされた歳明は、怒るより先に哀《かな》しげな顔をした。陰陽師として優秀とは言いがたい自覚があったらしい。宗孝は歳明を不憫《ふびん》に思うとともに、彼を守らなくてはならない気にさせられ、狗王に厳しく問いかけた。

「おまえこそ、どうしてここにいる」

「この陰陽師に用がありましてね」

狗王は歳明に目を向けて言った。

「兵太を知っているな？　やつがお頭のもとに来る前におまえと会っていたことは調べがついている。やつから預かった物があるはずだが」

歳明は露骨におびえ、今日ずっと大事に携えていた文箱をぎゅっと胸に抱きしめた。狗王に渡したくない何かがその文箱の中に入っているのは間違いあるまい。狗王も鋭いまなざしを文箱へと向ける。

「それか」

狗王は腰に太刀をひっさげていた。いつそれを抜いてもおかしくない、剣呑《けんのん》な空気が狭い部屋に漂う。燈台の小さな火までもが、狗王におびえて細く揺れる。

宗孝も武官の端くれとして帯刀はしていた。それでも、こんな狭い屋内で、狗王を相手に抜刀などしたくはなかった。

「狗王、おまえは本当に多情丸とやらの手下なのか？」

狗王は問うた宗孝を振り返り、怪訝《けげん》そうに目をすがめた。

「多情丸を御存じで？」

「名前だけは。専女衆が以前、やつにみかじめ料を要求されて困っていたからな」

「その程度ですか、御存じなのは。でしたら、このまま黙ってお帰りください。あなたのように立派な肩書きのあるかたには、まるで縁なき界隈の話なのですから」

「そうはいかない。縁ならできているし、乗りかかった舟だ。詳しいことは知らないが、歳明がこんなにおびえているのだ。そちらこそ何も言わずに帰ってくれないか」

「やれやれ。本当におひと好《よ》しなのですね、あなたは。困ったことに」

本気で困ったように狗王は眉尻を下げた。

「見逃してさしあげたいのは山々ですが……、わたしにも都合というものがありまして」

すっ……と、狗王が腰を落とした。ただでさえ剣呑な空気が、冷ややかな殺気へと変容する。

宗孝は小さく息を呑み、狗王の動きを見逃すまいと目を凝らして身構えた。

狗王が相当の使い手であることは、そのたたずまいひとつでわかった。彼とは斬り結びたくなかったが、むざむざ斬られたくもなかった。できれば避けたい闘いだったが、歳明を守るためにはやむなしかとも思った。

緊張に耐えきれなくなって動いたのは歳明だった。うわぁと叫ぶと、外に向かって走り出したのだ。

そうはさせじと狗王が抜刀する。白刃が歳明に襲いかかる寸前に、宗孝が捨て身で狗王に体当たりする。

よろけながらも狗王は宗孝を蹴りつけた。宗孝は床に片膝をついたものの、すぐに立ちあがって狗王の袖をつかんだ。

うるさそうに顔をしかめた狗王が、太刀を宗孝に向けようとする。その刹那、歳明が悲鳴をあげながら、文箱を狗王に投げつけた。

狗王は咄嗟《とっさ》に腕を顔の前にかざした。文箱は彼の腕に当たって、床に落ちた。蓋がはずれたその瞬間、庭から一陣の風が入ってきて、文箱の中身を吹きあげる。

それは数え切れないほど大量の紙人形——和紙をひとの形を模して切ったものだった。

薄っぺらな白い紙人形は、単純な形の四肢を細かく震わせて、まるで紙吹雪《かみふぶき》のようにひらひらと虚空を舞う。さすがの狗王もぎょっとして動きを止めた。

「右兵衛佐さま！　いまです、逃げましょう！」

歳明が叫んで走る。宗孝も、視界を紙人形にふさがれながら、とにかく走った。ながら空きの背中を狗王に斬りつけられたら、と恐怖したが、凶刃が彼を襲ってくることはなかった。狗王は太刀にまとわりつく紙人形に苦戦を強いられていたのだ。

いまのうちにと、宗孝と歳明は懸命に走った。命がかかっているとなれば、疲れ切っていたはずの身体にも力が入る。狭い小路にジグザグに入りこみ、とにかく走り続けた。

やがて、命懸けの馬鹿力もとうとう尽き、ふたりは路傍の柳にすがってやっと立ち止まった。

ジグザグに逃げたのが功を奏したのか、狗王が追ってくる気配はない。ぜいぜいと荒くついていた息がいくらか落ち着いてから、

「さすがは陰陽師だ」

と宗孝は歳明を褒《ほ》め讃《たた》えた。言われたほうはきょとんとしている。

「えっ？　えっ？」

「あの紙人形だよ。あれが噂に聞く式神《しきがみ》なんだろう？」

もともとは占いこそが本職である陰陽師が、いつの間にやら超常的な能力を期待されるようになり、さまざまな逸話が生まれた。式神もそのひとつ。陰陽師が手足のごとく使役するとされた鬼神《きじん》のことだ。

「そんな、とんでもない。文箱に無理やり押しこんでいた祓い用の紙人形が、蓋がはず

れた拍子に飛び出して、風にひらりと舞っただけなんですってば」

「謙遜するな。あんないい具合に風が入ってくるわけがないって」

「それがあったんですってば。日頃の行いがいいせいか、たまに起こるんですよ、そういうことも」

「だとしたら、歳明には陰陽師としての才が生まれつき具《そな》わっているってことになるじゃないか」

「お、陰陽師の才が生まれつき、わたしに？」

歳明はまるで乙女のように両手で頰を押さえ、目を瞠った。宗孝も目を輝かせて大きくうなずく。

「うん。すごいぞ、歳明」

嘘でも世辞でもなく、宗孝は心からそう思っていた。

「中将さまがあの場にいたら、大喜びされただろうなぁ」

大量の紙人形が狭い室内を群れ飛ぶ光景は幻想的で、なかなか見応えがあったのだ。あれをまぐれではなく意図して引き起こせたなら、それだけでも充分、歳明は都一の陰陽師となれただろう。

歳明もだんだんその気になってきて、

「わたしって、やらなくてもできる子だったんですかね……」

などとつぶやき出す。彼の勘違いを訂正する者はここにはいない。

「それにしても、よかったのか？　あの文箱の中に、右大臣さま宛ての文が入っていたんじゃ……」

「ああ、いえ。文箱は囮《おとり》ですよ。本物はここに」

歳明は烏帽子を下ろして髻《もとどり》を解《ほど》いた。いきなり下着を脱ぐにも等しい行為に宗孝は驚いたが、歳明は平然とした面持ちで頭をひと振りする。

意外なくらいさらさらの黒髪が、扇のように宙に広がった。百合《ゆり》の花にも似た香気が瞬間、あたりに漂う。さらには、遠い北の異国の娘が「てもて、てもて」と謎めいた歌を歌っている幻覚が見えた気がして、宗孝はぶるると頭《かぶり》を振った。はずみで少しずれた立烏帽子を、絶対に落とすものかと両手で支える。

解いた髪を肩に垂らした歳明は、何事もなかったような顔をして手を開いた。そこには一通の文が載っていた。歳明は自慢そうに小鼻を膨らませて言った。

「小さく折り畳んで髷《まげ》の中に隠していたのです」

彼がずっと大事そうに抱えていたので、てっきり文は文箱の中だと思いこんでいた宗孝は、あんぐりと大きく口をあけた。髪を解き、文を取り出したあざやかな手際も、魔法のようにしか彼には見えなかった。

「歳明、おまえ……。やっぱり、陰陽師としての才があるみたいだな」

「またまた」

歳明は手を振って否定したが照れと喜びは抑えきれず、目尻は下がりっぱなしだ。

「……とりあえず、髻を元に戻してくれないか。見ているほうが落ち着かない」

はいはいと応え、歳明は文を髪の中に押し戻そうとする。

「ちょっと待った。戻す前にその文を見せてくれ」

「ここでですか」

歳明は不安そうなまなざしを後方へと向けた。不穏な気配はまだなかったが、長く一ヶ所にとどまっていると、狗王に追いつかれるかもしれない。その懸念を宗孝も察し、

「なら、どこかに隠れてからでいいから」

「では、どこかに隠れましょう」

「急にそう言われても……」

自分の邸は論外だった。ゆっくりできて、いざとなったらすぐ逃げ出せる、そんな都合のよい場所などあるはずがない――と悩んでいると、文入りの髻を結いながら歳明が言った。

「とりあえず、専女衆のところへ行きましょうか」

「専女衆の？」

稲荷の巫女たちとは、宗孝も得意の舞を通じて交流があった。託宣を行う巫女と陰陽

師には、同業の誼《よしみ》もある。

「知らない仲でもなし、今夜のねぐらくらいは提供してもらえるでしょう。あの者たちなら、わたしたちを多情丸に売ったりはしませんよ」

「そうだな……」

絶対の保証はない。巫女たちは年寄りばかりで非力だ。多情丸に暴力で迫られれば抵抗できない。しかし、藁《わら》にもすがりたかった宗孝たちは、ひとまず専女衆が根城としている稲荷の山を目指すことにした。


邸に戻った宣能は、九の姉に着替えを手伝ってもらっていた。

てきぱきと作業を進めながら、九の姉は手と同じくらいに口を動かす。

「今宵はてっきり、弟と怪異を求めに行かれるのだとばかり思っておりましたわ」

「そうしたかったが、父上に邪魔をされた」

「あら、そうでしたか。では、夕方近くに弟がお邸の門前まで来ていたのに、行き違いになってしまったのですね」

初めてそのことを知った宣能は、驚きを露《あら》わにした。

「右兵衛佐が邸の門前まで来ていた？　物忌みだったはずでは？」

「物忌み？　そうだったのですか？　わたくしが家人から聞いた話では、中将さまに逢いに来て、まだお帰りになっていないと言われたので御所に向かって、あちらにいなかったからと折り返してきたのに、結局のところ、逢えず仕舞いで尾羽打ち枯らして去っていったのだとか」

「つまり、物忌み中にもかかわらず、右兵衛佐はわたしをずっと捜していたと？」

「そうなりましょうか。門まで来たのならば、この姉にひと声かければいいものを、あの子も何を無駄に右往左往していたのやら。ま、わからなくもありませんわ。初草の君に嫌われてしまったと思いこんでおりますからね。姫さま付きの女房のわたくしに逢うのも気まずいのでしょう」

九の姉は勝手にそう憶測していた。

「初草に嫌われた……。ああ、笊かぶりの一件か。まだ引きずっていたのか」

「弟は鈍いですから。繊細な姫さまを傷つけた報いです。これを機に、もっと反省すればいいのです」

「怖い姉上だ」

宣能は低く短く笑った。宗孝と逢えなかったのは残念だったが、彼が初草を気にして右往左往していたと聞くのは楽しかった。

もしかしたら、予想より早く自分が望んでいる事態がめぐってくるかもと、期待が湧いてくる。それでこそ、弘徽殿の女御の機嫌をとった甲斐があるというものだ。

気楽な狩衣に着替え終えると、宣能は初草のもとに足を運んだ。

「入ってもいいかい、初草」

簀子縁から呼びかけると、あわてる気配が中でして、それから「どうぞ」と返事が聞こえてきた。宣能が御簾《みす》を押しあげ室内に入る。初草は絵巻物に囲まれ、笊を膝の上に載せてすわっていた。

「ずいぶんと熱心だね。でも、無理をしすぎると、この間のように熱が出てしまうよ」

「はい。無理はしておりません。疲れたら、石を使わずにぼんやり字を眺めるだけにしていますわ。もとの通りの色や動きが見えて、それはそれで面白いですから」

「それはうらやましい。初草の世界はわたしのものよりもずっと実り豊かなのだね」

円座《わろうだ》を寄せて妹のそばにすわると、宣能はおもむろに、

「まだ決まったわけではないのだが、もしかしたら近々、弘徽殿の女御さまがこの邸にお越しになるかもしれない」

「まあ、女御さまが」

「このところ、体調が優れない上に、梨壺の更衣さまが後宮に戻られるのを、赤子の泣き声など聞きたくないと、うとましがっておられたからね。それで、里帰りをお勧めしたのだよ。ああいうかただから、少々窮屈な思いをすることになるかもしれない

が……」

兄の懸念に、初草は静かに首を横に振った。

「わたし、女御さまは嫌いではありませんわ」

「そうなのかい？」

「ええ。昔から、わたしには優しくしてくださいましたもの。『読み書きができないからといって臆することはありませんよ』と言ってくれましたし、『誰しもが完璧ではないのですから、取り繕おうとあがくなど無意味で無粋で無駄なこと』とも教えてくれましたわ」

「……叔母上が言うと重みがあるな」

その昔、弘徽殿の女御がまだ入内前で、十代の少女だった頃。女御の父の内大臣は、完璧な姫君たれと娘に要求した。容姿や教養に不足はなかった。しかし、彼女は楽器が一切、演奏できなかった。

そこで内大臣は身代わりを立て、娘があたかも完璧に琵琶《びわ》を弾きこなしているかのように装わせた。浴びる喝采に、誇り高い女御が内心、ひどく傷ついたのは言うまでもない。彼女が後宮での地位に固執するのも、その頃のことが尾を引いている可能性は十二分にあった。

「ただし、そうすると右兵衛佐をわが家に招きにくくなるな。彼は更衣さまの弟だから、女御さまのご機嫌が悪くなるだろうし。そうそう、九重が更衣さまの妹だということも隠しておかないと」

「あ、はい……」

宗孝のことを話題に出すと、初草は困ったように視線を泳がせた。それを確認してから、宣能は何食わぬ顔で言う。

「もっとも、初草はまだ右兵衛佐に腹を立てているようだから、彼が来ないほうがいいのかもしれないね」

初草は膝の上の笊をぐっとつかんだ。

「そんなことはありません。もう怒ってはおりませんし、ましてや来ないほうがいいだなんて」

「そうなのかい？　けれども、右兵衛佐は初草のご機嫌をひどく気にしていて、今日などは門前まで二度も来ておきながら、何も言付《ことづ》けずに引き返してしまったそうだよ」

「門前まで？　二度も？」

「わたしに逢いに来たそうだけれど、行き違いになってしまってね。気の毒に。初草に嫌われていなかったら、きっと声をかけてくれただろうに」

「嫌ってなんて……」

「嫌っていないのなら、もう彼を許してやっておくれ。でないと、女御さまがいるいないにかかわらず、彼がここに来られなくなってしまうよ」

「はい……」

うつむいてしまった初草の頭を、宣能はそっとなでて優しく言い聞かせた。

「大丈夫。臆することは何もないのだよ。いまは思うようにならずとも、あと四、五年もして初草が大人になる頃には、すべてがうまくいっているよう、この兄がすべて取りはからってあげるから」

頼もしい言葉だった。けれども、初草は逆に心細そうな表情を浮かべて兄を見上げた。

「無理はなさらないで」

「無理はしていないよ」

「でも、なんだか怖くて」

初草自身も抱えこんだ不安の正体がわかっていない様子だった。だからこそ、余計に不安が増してしまうのだろう。

「心配はいらない。わたしはとうに怖いものなどなくなっているよ」

「本当ですか」

「ああ」

幼い妹のために、彼はあえて嘘をついた。そのことに、妹のほうも気がついて、顔を伏せ、声には出さずに唇だけ動かした。

お兄さまの嘘つき、と。

三

生い茂る木々が月の光をさえぎって、宵の稲荷山は真の暗闇に包まれていた。

それでも、宗孝にとっては何度も通った道だ。ひとりではなく歳明もいる。同行者としては頼りないが、いないよりはましだった。

専女衆《とうめ》と呼ばれる年老いた巫女《みこ》たちは、山中の古ぼけた御堂《みどう》を根城としていた。ふもとの稲荷社を参詣する善男善女を相手に、託宣や舞を披露して暮らしを立てていたのだ。

もっとも、その舞のほうはいまできなくなっている。春の桜や藤の舞が評判となり観衆が集まりすぎた上に、初夏の舞台で怪我人が出て、稲荷社のほうから苦情が来たからだった。

「舞えなくなって、専女衆も寂しがっているかもな……」

森の中の暗い道を進みつつ、宗孝がなかば無意識につぶやくと、歳明が首を横に振った。

「客を入れることができなくなっただけで、自分たちで楽しむ分には特にお咎《とが》めもありませんよ。そこは持ちつ持たれつですから。現にほら、聞こえてきましたよ」

言われて耳を澄ますと、微かに鼓《つづみ》の音が聞こえてきた。さらに先へと進めば、手拍子や笑い声も聞こえてくる。

夜の山に響く、歌舞音曲《かぶおんぎょく》に複数の笑い声。事情を知らなければ、すわ物の怪の宴《うたげ》かと疑ったろう。

物の怪ならぬ専女衆は、御堂前の広場で焚《た》き火《び》を囲み、舞い踊っていた。白い衣に朱色の袴《はかま》をまとい、五節《ごせち》の舞姫のごとく優雅に、かと思うと突然、獣のごとく高く跳躍する。どうやら酒も入っているようだ。専女衆の自由奔放な動きに魅せられ、宗孝はここまで歩き詰めだった疲れも忘れて立ち尽くした。

できれば彼女たちの邪魔をせず、ずっと眺めていたかったが——鼓を打っていた老女が、急にその手を止めて言った。

「あれ、そこにいるのは誰《た》ぞ」

ひとりが気づけば、もうひとり、またひとりと、次々に反応していく。

「誰ぞ」

「誰ぞ」

「誰ぞ」

重なり合う数十の誰何《すいか》の不気味さに、宗孝もぞっと背すじを凍らせた。これに応じれば命を吸い取られるのではないか、そんな恐怖すらおぼえて固まる宗孝に代わり、歳明が声を張りあげた。

「安心しろ。怪しい者ではない。陰陽師の晟明だ。右兵衛佐さまをお連れしたぞ」

宗孝の肩書きが出た途端、その場の空気が激変した。専女衆はそろって驚愕し、次に歓喜し、いっせいに駆け寄ってきたのだ。

「右兵衛佐さま、右兵衛佐さま」

晟明はそっちのけで、宗孝を取り囲む。歓迎されているのはわかるのだが、酒くさいし、まるで鬼女《きじょ》の群れに囲まれているようだ。

「あ、淡路《あわじ》どの、淡路どのはおられるか」

当惑した宗孝は、専女衆をまとめる大専女《おおとうめ》・淡路の名を連呼した。すると、それに応え、御堂の扉があいて、上品な老女が中から顔を覗かせた。

「まあ、右兵衛佐さま」

淡路は少なくとも酔っているようには見えず、宗孝をホッとさせた。

そんな淡路の後ろからひょっこりと、さらに高齢な老女が顔を覗かせる。先代の大専女を務めた伊賀《いが》だった。

「伊賀どの、息災だったか」

宗孝が呼びかけると、伊賀は恥ずかしそうに目をそらし、袖で口もとを隠してから小さくうなずいた。所作は初々《ういうい》しい童女《わらわめ》のようでありながら、ちらちらと投げかけてくる視線は妙に熱い。晩熟《おくて》な宗孝でさえ読み誤りようがないほどの秋波を放っている。

あいかわらずだなとたじろぎつつも、宗孝は御堂へと向かった。専女衆もぞろぞろとついてくるが、右兵衛佐は大専女の客人なのだとわきまえて、下手に手を出してはこない。

「夜分に突然、すまない。実はその、困ったことがあって……」

多情丸の手の者に追われていると告げたら、専女衆は掌《てのひら》を返して追い出しにかかるのではないか。そんな危惧をいだきつつ、宗孝は当代の大専女・淡路と先代の大専女・伊賀に事情を説明した。

「そういうわけで難儀している。御堂の軒下で構わない、今夜だけでも匿《かくま》ってもらえないだろうか」

淡路も伊賀も、多情丸の名に怖《お》じる様子はなかった。それは大変でしたね、と淡路はまず宗孝たちをねぎらってから穏やかに言った。

「軒下などではなく、どうぞ、この堂宇でお休みください。わたくしたちこそ軒下で眠りますから」

「いや、それは……」

「この気候でしたらまだ平気ですから、どうぞ気兼ねなさらず。ねえ、伊賀さま」

伊賀は身をくねらせて何事かを小声でつぶやいた。宗孝には聞こえなかったが、なんとなく想像はついた。

（もしかして同衾《どうきん》を期待されたりして……）

当たらずしも遠からずだったのだろう。淡路は伊賀のつぶやきが聞こえなかったふりをして、笑顔で宗孝に尋ねた。

「それよりも、夕餉《ゆうげ》はもうお済みなのですか？」

まだだったと思い出した途端、宗孝は空腹を強烈に意識した。歳明も胃の腑《いふ》の上に手を当てて、切なげな顔になる。

返事をせずともそれで充分だった。さっそく淡路が専女衆に命じ、ふたり分の夕餉を用意させる。汁粥《しるかゆ》に漬け物だけの質素なものだったが、宗孝たちはありがたく食させてもらい、自分たちがいかに空腹だったかを再認識した。

腹が満ちれば眠くもなってくる。生あくびを連発させる彼らのために、御堂内に褥《しとね》がふたつ並べて用意された。

淡路と伊賀は戸外に出ていき、焚き火を囲んだ専女衆に加わった。鼓の音と手拍子はなしで、神楽歌《かぐらうた》だけが微かに聞こえてくる。

　我妹子《わぎもこ》に　や　一夜《ひとよ》肌触れ　あいそ
誤りにしより　鳥も獲《と》られず　鳥も獲られずや

愛しいひとの肌に触れ、物忌み中だというのに過ちを犯してしまったから、供物にすべき鳥を獲ることもできなくなったよ――との意味だ。

まだまだ舞い足りぬが、客人たちの邪魔にならぬようにと控えめなものに切り替えたつもりなのだろう。歌の内容は艶っぽくとも入眠の邪魔になるものではなし、むしろ子守歌のようにも聞こえてくる。ありがたいことだなと、専女衆の心遣いに宗孝は心から感謝した。

一時はどうなることかと案じたが、どうやら危機は脱したようだった。明日になれば、きっと宣能とも連絡がつき、右大臣への文を彼に託すことで、自分はこの件から身を引けるだろう。そう、明日になりさえすれば……。

もう眠ろうと燈台の火を消そうとしかけ、ふと宗孝は動きを止めた。

「そうだ、歳明」

褥に入りかけていた歳明は、大あくびをしながら振り返った。

「なんですか、右兵衛佐さま」

「文だよ。隠れ家に落ち着いたら、文面を見せてくれる約束だったじゃないか」

「ああ、はいはい」

歳明は髪をほどくのも面倒くさがり、髻の中に指を突っこんで文を引っ張り出した。

宗孝は受け取った文を広げ、燈台の小さな明かりを頼りに読み進める。内容が明らかになるにつれ、彼の表情はどんどん強《こわ》ばっていった。

「歳明、これは、ここに書かれていることは事実なのか？」

「さあ、それは……。わたしは兵太の言うままに書き綴っただけですので」

「事の真偽は定かではないと？」

「はい。第一、忘れられるものならば忘れてしまいたいくらいですよ。こんなことで多情丸に目を付けられるなんて……」

歳明の嘆きを聞き流し、宗孝は改めて文面に視線を落とした。

「この文によると――都の裏側を支配していた先代の頭目の傘下に入る際、多情丸はそれまでの悪事を『手下の一部が勝手にやったこと。その手下も自分が粛清した』と言い繕い、潔癖なふりを装ったとある。そうやって、罪をすべてなすりつけられ殺されたのが、自分の弟なのだと」

「ええ、そうですとも。無念だ、弟がかわいそうだと、兵太も涙ながらに訴えておりました。わたしもつい同情してしまいましたが、考えてみれば、その弟も多情丸の手下だったわけで、平気で悪事に荷担していたのですよね。それも盗みだけではなく殺しにまで手を染めて。山中で貴族の牛車を襲ったりだなんて、わたしにはとても考えられませんよ」

「その牛車を襲った件だが……」

文を持つ宗孝の手と声が震える。歳明は逆にあっけらかんと、

「はいはい。そこはぜひとも強調してくれと懇願されましたね。『右大臣さまが裏で手を結んでいる多情丸はその昔、右大臣家の乳母《めのと》まで殺《あや》めたのですよ。こんな男と関わり続けるのはまずくないですか』と念押しするのだと、まあ、しつこかった、しつこかった」

「裏で手を結んでいる？」

「ええ。右大臣さまは、公にできない仕事を多情丸に廻して対処させておりますから」

「お、公にできない仕事？」

「上つかたにはありがちではないですか」

歳明は急に悪い顔になり、片目をつぶってみせた。

「不当な利益を得たりとか、政敵を陥れたりといった、そんな汚れ仕事ですよ」

歳明にとっては職業上、聞き慣れた話なのだろう。けれども、宗孝は汁粥で満たされていた胃の腑がさらにずんと重たくなった気がした。

歳明の言う通り、あの右大臣ならそういう暗い面を秘めていてもおかしくはない。宮中で大きな力を振るうなら、清いばかりではいられないことも、頭では理解できる。それでも、知っている者の暗部を改めて突きつけられ、動揺が抑えきれない。ましてや、

右大臣は宣能の実父だ。さらに――

「多情丸が右大臣家の乳母を殺したとあるが、これは事実なのか？」

「さあ。事実かどうかは知りませんが、兵太はえらく自信ありげでしたよ。きっと、弟から直《じか》に話を聞いていたのでしょう。なんでも、昔の多情丸はそれこそ手当たり次第の凶賊で、女子供も容赦なく殺めていたとか。そんな中に、右大臣家に仕える乳母の一行がいたそうですが、多情丸は自分が襲った相手の素性には関心がなく、右大臣家の乳母を襲ったことも実は自覚がないかもしれない。だからこそ、いまそこを突けば、多情丸は右大臣の怒りをおそれ、こちらの言うことをおとなしくきくに違いないと、それはもう自信ありげで」

「なんて危ういことを……」

河原に倒れていた兵太の苦しげな死に顔を思い出し、宗孝はぞっと身震いした。

「ええ、目算が甘すぎましたよ。結局、多情丸に殺されたわけですからね。馬鹿なやつです」

腐《くさ》しながらも、歳明は形ばかり手を合わせた。

「先代のお頭は情に厚く、無用な殺生は極力避けるような人物だったと聞いております。それでも寄る年波には勝てず、高齢で心身ともに弱っていたときに、運悪く多情丸につけこまれてしまったのでしょうね」

「凶賊としての過去を隠蔽《いんぺい》して、老齢の頭目に取り入り、その死とともに縄張りを奪っていまに至る――か」

宗孝は多情丸の非道ぶりを改めて知り、戦慄を禁じ得なかった。

「右大臣さまは多情丸がそんな非情な男だと御存じで、関係を続けているのだろうか」

「乳母の件に関しては、多情丸でも知らないのなら、右大臣さまも知りようはないでしょう。そもそも、あちらは先代の頭と付き合いがあって、多情丸はその後継者として役目を引き継いだだけですよ。案外、右大臣も多情丸を切り捨てる機会をうかがっているのかもしれません。先代と多情丸とでは雲泥の差。いまや、地の凶悪さが剝《む》き出《だ》しですからね。その点、先代は容赦はなくとも情けはあったんです。って、話に聞くばかりなんですけれどね。黒龍《こくりゅう》とか、黒龍王とか、そんな強そうな名を名乗っていたそうですよ。いいですよねえ。そういうのを義賊とでもいうんでしょうねえ」

歳明は先代の頭目について熱く語っていたが、宗孝の関心はすでに違うほうへと移っていた。

(多情丸が中将さまの乳母を殺した……)

牛車で別荘へ向かう途中、山中で盗賊たちに襲われ、乳母は自分をかばって死んだ。そんな話を、宗孝は宣能自身からすでに聞かされていた。その折の記憶がいまもなお、宣能を苦しめていることも知っている。

(多情丸が乳母の仇で、しかも裏で右大臣さまと通じている。もしも、中将さまがそのことを知ったら……)

告発の文を宣能に託し、右大臣に渡してくれるよう頼めば、それで肩の荷は下りるものと宗孝は思いこんでいた。が、果たしてこれを本当に宣能に託していいものかどうか。彼は当然、文の内容を見たがるだろう。結果、多情丸が乳母の仇だとわかったなら、どう出るか。しかも、その多情丸は裏で父親と通じているなどと……。

考えこみすぎて気持ちが悪くなってくる。宗孝は文を握りしめ、ううとうなった。

「あ、駄目ですよ。そんなに強く握っては」

歳明が文を奪い取り、小さく折り畳んで自分の髻の中に押しこんだ。それから、宗孝の顔を覗きこみ、

「どうかしたのですか?」

「これを……、この文を中将さまに託すのはまずいだろう……」

歳明は初めてそこに思い当たったかのように、瞬《まばた》きをくり返した。これまでは自分の保身しか考えられずにいたのだろう。

「確かに、内容は、中将さまにとってかなりの衝撃となるでしょうけれど……」

腕組みをして歳明も悩んでいるふうだったが、そこはやはり、保身がまさった。

「でも、そうしないことには、文は右大臣さまのもとに届かないのですよ。中は見ずに

父上に渡してほしいと頼みこめばいいじゃないですか」

「それで済むと思うか？」

済まない気がした。下手に隠せば、逆効果になりかねない気も。

宗孝は頭を抱えてうずくまった。

「どうしたらいいんだ……」

戸外では、専女衆が神楽歌を歌い続けている。

然《しか》りとも　や　我が夫《せ》の君は　あいそ
五つ鳥　六《む》つ鳥獲《と》り　七鳥《ななとり》　八《や》つ鳥獲り
九《ここの》よ　十《とを》は獲り　十は獲りけむや

鳥も獲れないと嘆く男に、そうは言っても五羽も六羽も獲り、七羽も八羽も九羽も、いや十羽は獲ったでしょうと、女が冷やかしている内容だった。親しい男女がふざけ合っている陽気な歌を聞いたとて、宗孝の心は晴れない。

触れてはならない禁忌に触れてしまった心地だった。途方に暮れすぎて、もはや何も考えられない。そんな宗孝に、

「とりあえず、今日はもう寝ましょう。明日にはきっと名案が浮かびますよ」

そう言って歳明がさっさと燈台の火を消した。

暗闇に名残の煙がひとすじ流れ、すぐに消えていく。こんなふうに悩みも消えていってくれたならどれほどいいかと、宗孝は願わずにいられなかった。

面長と丸顔の男ふたりが、肩を落として狗王の前に立っていた。

「申し訳ありません……」

「陰陽師めの居所はいまだに……」

だろうな、とつぶやいただけで、狗王は手下たちをいたずらに責めようとはしなかった。だからこそ、面長も丸顔も余計に心苦しそうに身を縮める。

狗王は彼らに背を向け、荒れた邸の奥へと進んだ。歳明に逃げられたことを多情丸に伝えなくてはならない。気の重い務めだと狗王は内心、辟易《へきえき》していたが、表情にはそれがいっさい出ていなかった。

幼い時分から、狗王は親を失うなど数々の辛酸を舐《な》めてきた。おかげで心情を隠すことにすっかり長《た》けてしまった。だからこそ、ここまで生き延びてこられたと言えなくもない。それでも、先代のお頭のもとにいた時期だけは、平穏であったのだが……。

御簾で仕切られた部屋の中からは、女の甘ったるい笑い声が聞こえていた。情婦の宇《う》津木《つぎ》が、多情丸といっしょにいるのだ。

本来ならば遠慮すべきところを、狗王は構わず声をかけた。

「お頭、よろしいですか」

宇津木の笑い声がぴたりと止まった。代わりに、おお、と中から多情丸の応《いら》えが聞こえ、狗王は御簾を押しあげて入室する。

都を裏で統《す》べる男は酒杯を片手に、もう片方の手で宇津木の肩を抱いていた。狗王が片膝をついて畏《かしこ》まると、さっそく多情丸が問うた。

「どうだった、例の首尾は」

曖昧な言いかたは、同席の宇津木を意識してのことだと察し、狗王も曖昧に応えようとする。

「それが――」

「しくじったか」

多情丸は唐突に怒りを露わにし、盃《さかずき》の酒を狗王にひっかけた。彼なら余裕で避《よ》けられたものを、あえてそうせずに立ち尽くし、顔と直垂《ひたたれ》を酒に濡らす。

「たわけが」

吐き捨てるように言う多情丸の隣で、宇津木は意地の悪い笑みを浮かべていた。普通の女ならば怖がって然《しか》るべきところを、彼女は場の空気などいっさい気にせず、むしろ狗王が辱められているのを、舌舐めずりする猫のように面白がっている。

多情丸はカラになった盃を乱暴に置いて言った。

「酒がなくなった。取ってこい」

「誰か――」

ひとを呼ぼうとした宇津木に、多情丸は冷たく命じた。

「おまえが行け」

「わたしが？」

宇津木は不満げに肩をすくめた。嫌いな狗王のぶざまな姿をもっと楽しみたかったのだろう。が、多情丸に睨まれ、しぶしぶと席を立つ。狗王の脇を通り過ぎる際、宇津木はわざと彼にぶつかっていこうとしたが、狗王のほうはすっとそれを避けた。多情丸の酒はかぶっても、宇津木の蹴りを受け容れる理由などない。

宇津木は露骨に顔を歪《ゆが》め、足音をわざと響かせて退室していった。多情丸のような男の情婦になるだけあって、ふてぶてしさは一級だ。

ふたりきりになって、多情丸は改めて言った。

「さあ、言い分があるなら聞こうか」

口調からは怒気がかなり抜けていた。歳明の一件を極力他人に聞かれたくなく、宇津木を退室させるために、怒ったふりをしているのは明らかだった。

「いいえ、ありません。遅くとも一両日中には陰陽師の歳明を捕らえ、告発文を取り戻してごらんいれましょう」

自信があるからこそ、狗王はなんの気負いもなく約束する。

「告発文、か」

苦々しげにつぶやいて、多情丸は盃をあおった。が、中身はすでになく、彼はちっと舌打ちする。

多情丸は明らかにあせっていた。昔、自分が襲った中に右大臣家の乳母がいたと、彼は兵太に言われて今回初めて知ったのだ。

「陰陽師の行方に当てでもあるのだな。ないとは言わせんぞ。必ずみつけ出せ。もしも、あれが……」

多情丸が言いよどんだ先を、狗王は平然と口にする。

「あれが右大臣さまの手に渡ったら、かなりまずいでしょうね」

兵太が多情丸を訪ねてここに来た際の会話は、そばに控えていた狗王にも当然、筒抜けだった。しかし、多情丸は過去の悪事を隠蔽して先代の頭の傘下に入ったと知っても、狗王はいまと同じく、毛すじほどの動揺も見せなかった。

「おまえは変わらないのだな。おれが昔、しでかしたことを知っても」

狗王の反応をひとつも見逃すまいと、多情丸は眼力を強めて睨《ね》めつける。それでも、

狗王は態度を変えない。あくまでも飄々《ひょうひょう》と、

「なんと言っても、いまのお頭はあなただ。亡き先代がそう取り決めたのだから、わたしはそれに従うまでですよ」

多情丸は、はっと短く笑った。はっ、はっ、とさらに小刻みに笑ってから、やっと安堵したように肩をそびやかす。

「つくづく、おまえは忠犬なのだな」

そこには明らかに侮蔑も混じっていたが、狗王は顔色ひとつ変えずに「そうかもしれませんね」と認める。

「先代が死んだとき――次の頭目は自分だと、おまえは少しも思わなかったのか?」

「無理です。すでにあなたがいたし、若すぎると異を唱える者もいたはずです」

「ああ、いたな。そんなうるさい古参も」

いまはいない。うるさい古参は、多情丸が徐々に確実に排除していった。

「おまえはしょせん狗《いぬ》よ。誰かに飼われていないと落ち着かぬ、奇特な性分なのだな。気の毒に。だからこそ、使える狗として生かしている。ありがたく思えよ」

苛《いら》だちの解消とばかりに、多情丸はしつこく狗王にからんだ。なんと言われようとも、狗王は柳に風と受け流した。それが彼が学び取った処世術だった。

今年は残暑が長引いて、昼間はうんざりするほど暑い。夜は元気に舞っていた専女衆も、日陰に籠もって昼寝をしている。

宗孝は御堂の中で文机に向かっていた。実家に宛てて、「祓いを頼んだ陰陽師のもとで物忌みに入っているので心配は無用に」と一筆したためていたのだ。これで、数日程度なら邸に帰らずとも、親に余計な心配をかけずに済む。その間に、なんとしても告発文を右大臣に届けねばならない。

——でも、どうやって。

筆を握ったまま、宗孝はううむと考えこんだ。

歳明は部屋の隅で昼寝をしている。楽観的な質《たち》なのか、ひと晩では寝足りなかったのか。もしかしたら、つらい現実から逃れる目的で眠り続けているのかもしれない。

宗孝もいっそ歳明に倣いたかった。昨夜は疲れ果てていたがために寝入るのは早かったが、眠りの質そのものはよろしくなくて、明け方に何者かに追われる夢を見た。目醒めても依然、多情丸に追われ続けていて、悪夢から解放された気がしない。

右大臣に告発文を届けさえすれば終わると思っていたのに、なかなか届けられずにいる。いずれ、ここにも多情丸の追っ手が迫ってきかねない。その前に、宣能の手を介さず、右大臣のもとへ文を届ける手段はないものか……。

宗孝は、はあと大きくため息をついた。自分ひとりでは荷が重すぎる。誰かに相談したいと、彼は切実に思った。

こんなときにまず浮かぶのは宣能だったが、今回ばかりは彼に頼れない。歳明は頼りないし、専女衆にもこれ以上、迷惑をかけたくない。となると――

そのとき、なんの脈絡もなく、昨夜の専女衆の歌声が耳に甦《よみがえ》ってきた。

五つ鳥　六つ鳥獲り　七鳥　八つ鳥獲り
九よ　十は獲り　十は獲りけむや……

十の数字に宗孝はことのほか強く反応した。

その呼び名が閃《ひらめ》いた途端、女房装束に身を包んだ十の姉のいたずらっぽい笑みが頭に浮かび、宗孝ははじかれたように顔を上げた。

（十の姉上……）

十の姉こと、十郎太《じゅうろうた》はいつも風のごとくに現れては宗孝の窮地を救い、風のごとく去っていく。神出鬼没で、まったく捉えどころがない。

その十の姉と宗孝は先ごろ、皇太后の別邸〈夏の離宮〉で遭遇した。十郎太と名乗り、男装して登場することの多い彼女が、皇太后付きの女房としてあでやかな裳唐衣《もからぎぬ》をまとっていた。

あれから、さほど日は経っていない。ひょっとしたら、十郎太はまだ皇太后のもとにいて、そこに文を出せば彼女の手もとに届くかもしれない。

そう期待した宗孝だったが、

「待てよ……。皇太后さまのもとで、姉上はなんと名乗っているのだ？」

まさか、男名の十郎太ではあるまい。十の君という呼び名は家族間のものだ。それを女房名にしているとは思えない。

そもそも、ずっと皇太后のもとにとどまっているとも限らないのだ。縁があるゆえ、皇太后のために動くときもあるとは言っていたが、仕えているのとも少し違うらしい。

十郎太はどこまでも自由だった。自由ということは誰にも守ってもらえないことと同義で、彼女はむしろそれをこそ望んでいるふしがあった。強いひとだと宗孝も憧れるものの、頼ってもらえない寂しさは感じる。

風を捕まえられそうな気がしたのに、ぬか喜びだったかもしれない。心は萎《な》えかけたが、いや待てと、宗孝は思い直した。

〈夏の離宮〉で十郎太は双子の女盗賊を捕まえ、自らの配下に引き入れた。朝顔《あさがお》、夕顔《ゆうがお》と名乗っていたあのふたりなら、まだ皇太后のもとに女房として留《とど》まっているかもしれない。仮に名前を変えていたとしても、双子なら目立つはずだ。あの双子に伝言を頼めば、きっと十の姉のもとに届くはず――

「うん、駄目でもともとだ。やってみるか」

宗孝は新たな紙を広げ、困っているのでぜひとも力を貸して欲しいとのみ、したためた。書いた甲斐なく、文が赤の他人の手に渡ったとしても、この文面なら支障はあるまい。

宗孝はできあがった二通を折り畳んで携え、御堂の外へと出た。淡路を捜すと、彼女は木陰で仲間の専女衆と楽しげに語らっているところだった。同じ木陰では、高齢の伊賀が片膝を立ててうたた寝をしている。

「お取りこみ中のところ、すまないが、淡路どの……」

「はい。いかがなさいましたか？」

「わが家と、それとは別に、皇太后さまのもとにいる双子の女房に宛てて文を出したいのだが」

ざわっと専女衆がどよめいた。女房宛ての分を艶っぽい文と誤解されたようだと悟り、宗孝はあわてふためいた。

「いや、違う。そういう文じゃない」

淡路は袖を口もとに寄せて笑いを噛み殺した。幸い、伊賀はまだ目を醒ましていない。もし起きていたなら、宗孝に想いを寄せている彼女のこと、大騒ぎをしたに違いない。

「でしたらば、専女衆の誰かに行かせましょう」

「た、頼めるかな」

「皇太后さまに届けよと言われてはかないませんが、女房でしたらば。上﨟《じょうろう》女房の中にも巫女に託宣を求めるかたは少なからずおりますから、わたくしどもが赴いても特に不審がられはしないでしょう」

淡路が快く請け負ってくれたので、宗孝はさっそく二通の文を専女衆に託した。うまくいけば、これで十の姉と連絡がつく。そう思っただけで、追われる側の恐怖心が薄らいでいくのを宗孝は実感した。御堂の上に広がる青空がぐっと高くなったような心地さえする。

（やはり、打てる手はできるだけ打っておかないとな……）

文使いの巫女たちが離れていくのとは入れ違いに、被衣《かつぎ》姿の女人が御堂への坂道をのぼってきた。専女衆に託宣を求めに来た客のようだったが、宗孝はいちおう警戒して御堂の中に戻りかける。が、

「あら、宗孝じゃないの。どうして、ここに？　物忌み中ではなかったの？」

聞き知った声に呼ばれて振り返った。陽射し避《よ》け兼、視線避けにもなる被衣を少し持ちあげ、こちらを怪訝そうに見ているのは九の姉だった。

「きゅ、九の姉上……」

昔から舞を得意としてきた九の姉は、右大臣家に女房勤めをする傍ら、専女衆の舞の振付をも請け負っていたのだった。ここにいる理由を姉にどう説明しようとあせった宗孝は、咄嗟に嘘をついた。

「物忌み中ですよ。陰陽師にうかがいを立てたら、自宅は方角があまりよろしくないと言われたので、急遽《きゆうきよ》こちらに」

「あらまあ、そうだったの？　父上や義母上《ははうえ》には、ちゃんと伝えてあるのでしょうね」

「そ、それはもちろん。な、淡路どの」

「え、ええ」

話を合わせて欲しいと宗孝に目で懇願されて、淡路は曖昧ながらうなずいてくれた。

「なら、いいけれど。それよりもね、淡路どの。今日はいいお話を持ってきたのよ」

「まあ、なんでしょうか」

「まだ本決まりではないそうだけれど、弘徽殿の女御さまが近々、右大臣家に里帰りをなさるかもしれないのですって」

思いがけぬ名が転がり出てきて、淡路だけでなく宗孝も驚きに目を瞠った。

「弘徽殿の女御さまが？」

「ええ。体調不良が理由だそうだけれど、本当は梨壺の更衣さまが後宮に戻られることへの当てこすりじゃないかしら。だとしてもよ。うるさいかたが、いっときでも宮中からいなくなるのは、更衣さまにとってもありがたい話よね」

温和な更衣は口が裂けてもそうは言わないだろうが、事実であるには変わりなかった。

「もっとも、右大臣家に入られるとなると苦労するのはこちらだけれど。わたしは姫さまの女房だから、なるべく近寄らないようにしていれば大丈夫でしょうよ。そんなわけで、実家に戻られた女御さまをお慰めするために、専女衆に巫女舞を披露してもらえないかと、中将さまから内々に打診があったの。もちろん、右大臣さまも御了承済みよ」

今度は淡路が目を瞠った。

「わたくしどもの舞をですか？」

専女衆もざわつき出す。気配を察して目醒めた伊賀が、眠そうに目をこすっている。

「でも、大がかりな舞は、稲荷社から止められていて……」

言いよどむ淡路に、九の姉は手を振ってみせた。

「その点なら心配御無用よ。中将さまがあちらに直接、掛け合ってくださるそうだから。稲荷社のほうも、右大臣家にはよい顔をしておきたいでしょうから、断るはずがないわ」

「では、では、舞が舞えるのですね？」

「ええ。それも、後宮の支配者たる弘徽殿の女御さまの御前で――名誉なことよね。これがうまくいったら、都中の貴族から似たような依頼が殺到するかもしれないわよ」

わっと歓声が専女衆の間からあがった。舞が好きで、自分たちだけの楽しみのためにも舞っている彼女らだが、やはり派手な舞台を組み、稽古を重ねて、ひとびとの前で披露する舞踊には格別なものがあるのだろう。

宗孝も専女衆の舞台には少なからず関わってきた。だからこそ、手放しで喜ぶ老女たちを見ているだけで、胸が熱くなってくる。施主があの弘徽殿の女御だろうとも、喜ばしい気持ちは変わらない。

「さっそく企画から考えなくてはね。秋のうちだとしたら、やはり菊花か紅葉か。冬にまでずれこんだときのために、雪がらみの舞も考えておくべきかしら。五の姉上にも意見を聞いてみなくてはだわ」

五の姉はこれまでも、数々の舞台装置を製作してきた。きっと今回も、素晴らしい舞台を創り出してくれるだろう。

わくわくが止まらない。が、宗孝はひとまずそれをおいて、九の姉にそっと耳打ちした。

「あの、姉上、いそがしいところを申し訳ないのですが」

「なんなの、宗孝？」

「頼みたいことがあって……。どうか、こちらに」

御堂の裏手に九の姉を誘うと、宗孝はさっそく彼女に頼みこみを開始した。

「どうか、何も訊かずにわたしを右大臣さまのもとに連れて行ってくれませんか」

「右大臣さまに？」

はい、と宗孝はうなずいた。

「初草の君の女房たる姉上なら、できましょうぞ」

「それはまあ、ね……。そもそも、わたしは右大臣さまに直接、声をかけられて女房になったわけだから。物陰で声を殺して泣いている女人に弱いのですって。意外よね。あのかたにそんな、かわいらしいところがおありだったなんて。わたしも夫のいる身でなかったら……」

九の姉は、ふふっとくすぐったそうに笑った。危うい感じはなくもなかったが、きっと憧れの範疇《はんちゅう》だろうなとみなして、宗孝は聞き流した。いまはそれよりも、優先させねばならぬことがある。

「でも、どうして？」

「それは訊かないでくださいませんか」

宗孝の真剣な表情に気づき、九の姉も笑みを消して怪訝そうな顔になった。

「そしてできれば、中将さまにみつからないよう手引きしてもらいたいのです」

「中将さまに？」

九の姉は眉根を寄せて戸惑いを表した。

「そういえば、右大臣さまに引きあわせて欲しいのなら、中将さまに頼んだほうが早いのに、どうしてそうしないの？」

「それは……」

父親が多情丸のような輩と通じていると、宣能には知られたくないから。宗孝はそう打ち明けたいのをこらえ、首を横に振った。

「理由は訊かないでください。どうしても、右大臣さまに内密に伝えたいことがあるのです」

「中将さまにも内密に、ということなのね？」

「はい、そうです。どうか頼みます、姉上。九の姉上にしか、こんなことは頼めません」

「なんだか、きな臭いわねえ。それにあなた、いまは物忌み中なんじゃなかったの？なのに右大臣さまに会うつもり？」

「いえ、あの、物忌みなら今日の正午まででよいと、陰陽師が」

「だったら、こんなところにいないで家に帰りなさいよ」

「ですから、あちらは方角が。それに、あちらにはいま、更衣さまが逗留《とうりゅう》されておられるので、念には念を入れて、もう少し長めに身を慎んでおかれませと、それも陰陽師が。であるからして、右大臣さまに会う分には特に障《さわ》りはなしと、それもまた陰陽師が」

必死になって口から出任せを並べる弟に、九の姉はいっそう疑わしげな目を向けた。

「本当に？」

正直者の宗孝はぐっと息を詰まらせた。そのとき、御堂の格子窓から、

「本当でございますよ」

と声がかかった。御堂の中で昼寝をしていたはずの歳明が、窓の格子にぐいぐいと顔を押しつけていた。

「わたしがその陰陽師です。右兵衛佐さまは嘘など申してはおりません。つきましては、このわたしめも同行をお願いしたく」

「なんだか、ますます怪しいわね……」

それはそうだろうなと宗孝も共感したが、ここで引くわけにもいかず、

「姉上、なにとぞ」

身体を前にぴったり二つ折りにする勢いで頭を下げる。歳明も、

「なにとぞ、なにとぞ」

と、鼻が潰れてしまいそうなほど、顔面を格子に押しつける。

「わかったわよ、もう」

彼らの熱意に、というよりも、暑苦しさに辟易し、九の姉は折れてくれた。

「じゃあ、あなた、陰陽師だと胡散臭《うさんくさ》すぎるから、宗孝の従者としていらっしゃいな。右大臣さまは今日はもう参内《さんだい》されて、お帰りは遅くなるとうかがっているから、明日――」

「できれば今夜、遅くなろうとも一向に構いませぬゆえ」

一刻も早く重荷を下ろしたいのだろう、歳明が必死に言う。宗孝も同じ気持ちで言い募った。

「できるだけ手早く済ませます。庭先での会見でも構いません。右大臣さまにお伝えしたい旨があるだけですから、できましたら今夜にでも」

「ああ、もう、はいはいはい」

面倒になってきたのだろう、九の姉はうんざりした顔をして、何度もうなずいた。

「わかったわよ。じゃあ、夜になったら庭先にひそんで待っていてちょうだい。そこにわたしが右大臣さまをお連れしてみるわ」

「ありがとうございます、姉上」

「ありがとうございます、女房どの」

「はいはい」

ふうっと、九の姉は大きくため息をついた。宗孝はいったんは笑みを取り戻したものの、それでも念のためにと付け加えた。

「どうか、このことはくれぐれも中将さまには内密に。もちろん、初草の君にも……」

「そう言われると、かえって気になるわね。中将さまや姫さまにも秘密にしてまで、右大臣さまといったい何を話したいのよ」

藪蛇《やぶへび》だったかと、宗孝は顔を引き攣らせた。歳明も格子窓のむこうで、「あちゃ……」とつぶやき、目をつぶっている。

そんな彼らがかわいそうになってきたのか、

「ま、いいわ」

深追いはせずに、九の姉は肩をすくめた。

「姫さまなら、父上を怖がってお部屋には近づこうとなさらないから大丈夫。中将さまも今夜はお帰りが遅いはずよ。いつも怪異探しに付き合ってくれる相手が物忌み中で、待ちきれないから、以前のようにひとりで出かけると、今朝方おっしゃっていたわ」

「そうだったんですね……」

怪異には遭遇したくないけれど同行はしたかった。今夜は仕方ないが、この埋め合わせはいずれしてさしあげなくてはと、宗孝は心から思った。

「では今夜、よろしくお願いします」

宗孝が言うと、歳明も重ねて言った。

「よろしくお願いいたします」

「任せてちょうだいな」

最終的には、九の姉も快く引き受けてくれた。

三人とも、近くの茂みから丸顔の小男——狗王の手下がそっと離れていったことに、まるで気がついていなかった。

四

陽が暮れて、宣能はひとり賀茂川沿いを歩いていた。

怪異を求めて——というよりも、ただ川面から吹いてくる風に吹かれていたくて、当てなく歩いているようにも見える。立烏帽子《たてえぼし》に直衣《のうし》をまとった姿は、このまま絵巻物にしても映えそうな絵柄だった。

せっかく怪異との出遭いを求めて歩いているのに、浮いた感じがまるでない。表情には憂いさえ帯びている。それはたぶん、ひとりきりの夜歩きだから——と、宣能にも自覚はあった。以前はひとりでも、いや、ひとりだからこそ自由気ままに楽しめていたのに、ずいぶんな差だった。

空の月を見上げ、彼はほうっとため息をついた。

「気が乗らない……」

予定を切りあげ、もう帰路に就こうと踵《きびす》を返すと、視界の隅にちらりと人影が映った。知らないふりをするには、気持ちがささくれ過ぎていた。月の光よりも冷え冷えとした声で、宣能は人影に呼びかけた。

「そこにいるのだろう、狗王」

顔は見えずとも、やつに間違いあるまいと、宣能は直感で判じていた。

「監視役ではないと言っていなかったか？　それとも、今度もまた偶然だと？」

どうしても皮肉がにじむ。歓迎されていないことは、当然、伝わっただろう。それでも、あえて物陰から姿を現したのは、まぎれもなく狗王だった。

「お邪魔をして申し訳ありませぬが、お耳に入れたき儀がありまして」

「おまえの話になど興味はない」

けんもほろろの対応にも構わず、狗王は続けた。

「右兵衛佐さまのことです」

宣能の表情が劇的に変わった。

「なに……？」

「わたしはこれから多情丸の命で、ある者を始末せねばなりません」

物騒な発言を、狗王はあっさりと口にした。それが彼にとっての日常であるかのように。

「ひとりで済めばまだいいのですが、もしかしたら、ふたり。それが――」

「それが右兵衛佐だと？」

宣能は狗王に詰め寄り、直垂《ひたたれ》の胸ぐらを乱暴につかんだ。

「どういうことだ。言え」

普段の彼とはまるで異なり、表情も口調も荒々しい。狗王はその顔を間近でみつめ、

「なるほど。そのような顔もおできになると。少しホッと……」

皆まで言わせず、宣能は狗王を突き放した。数歩よろめいた狗王は、直垂の乱れをそのままにして言った。

「まずはお邸にお戻りください。わたしの知っていることを、道すがら、お話しいたしますれば」

「ああ。ぜひにも聞かせてもらおうか」

それが宗孝の身の安全に関わることなら、絶対に聞き逃すわけにはいかない。数年先に実施するであろう、初草の入内を阻止するための計画に、彼はどうしても欠かせない存在になっていたのだった。

夜になって、宗孝は歳明とともに稲荷の山を下りていった。

途中、多情丸の手の者に遭遇したりしないか、十二分に注意して無難そうな道を選び、右大臣家へと向かう。

案じていたような事態は起こらず、どうにか無事にふたりは右大臣邸に到着した。さっそく門番に九の姉を呼び出してもらう。

「本当に来たのね。まさか、右大臣さまと弟の逢瀬《おうせ》をわたしが手引きするようになるなんて、夢にも思わなかったわ」

現れた九の姉は、開口一番、そう言った。彼女の軽口に付き合う気分にもなれず、

「右大臣さまは御在宅ですか。中将さまは」

と、小声の早口で確認する。

「右大臣さまも中将さまも、まだよ。さ、いまのうちにこちらへ」

九の姉に導かれて、ふたりは庭伝いに邸内へと進んだ。

途中、初草の部屋がある対屋《たいのや》の前を通ると、屋内に明かりが灯っているのが見えた。御簾越しで構わないから初草の君にひと目逢いたい——と宗孝は思ったが、そうもできずに無理やり対屋から目をそらす。

面倒事が片づいたら、改めて謝罪の文を出そう。あるいは、直接訪ねていってもいい。拗ねて逢ってくれないかもしれないが、許してくれるまで何度でも謝ろう。それこそ、百夜《ももよ》通いの深草少将《ふかくさのしょうしょう》のように。

（多情丸に殺される前に、文だけでも絶対に出しておかないとな）

易々《やすやす》と殺されるつもりはなかったが、自分を鼓舞するために、あえてそんなふうに考えてみる。

（今夜のことも、いつの日か、初草の君に面白おかしく話してあげられるかもしれない……）

こちらの話に驚いたり笑ったりする少女の可憐《かれん》な姿を思い浮かべれば、前へと進む活力が自然と湧いてくる。いつの間にか、〈ばけもの好む中将〉の大事な妹姫は、宗孝にとっても大事な存在になっていた。

右大臣の私室がある寝殿の前に来ると、九の姉は渡殿の下をくぐって坪庭のほうへ行くよう指示を出した。

「そのあたりに隠れていて。右大臣さまがお戻りになられたら合図をするから、それまではじっとしていてよ」

「ありがとうございます、姉上。本当に本当に恩に着ます」

「いいのよ。その代わり、けっして失礼のないようにね。それから、この恩は専女衆の舞台を手伝うことでしっかり返してね」

「舞台の手伝いでしたらば喜んで」

むしろ、匿《かくま》ってくれた専女衆への感謝もこめて、進んで手伝わせてもらうつもりだった。

九の姉が去っていき、坪庭の片隅に宗孝は歳明と残された。前栽《せんざい》の陰の地面にしゃがみこんだふたりの間には会話もなく、初秋の虫の声が流れていくばかりだったが、やがて遠慮がちに歳明が言った。

「……舞台、わたしも手伝いますね」

「うん、頼む」

「裏方なら何かできるはずですから」

「うん、そうだな」

「紙人形も派手に飛ばしましょうか」

「いや、それはいい」

そこで会話が途切れた。続けるべき話題も思い浮かばない。こんなことでは、いざ右大臣を前にしたとき、何もしゃべれなくなりそうだなと宗孝は不安になってきた。初草を想って活力を得たり、急に気が萎えたりと、今夜はどうしても感情の起伏が激しい。

宗孝は口から大きく息を吸って、吐いた。肩甲骨をぐるぐる廻し、強ばった身体をほぐす。歳明も真似をして肩を廻し始めたので、宗孝は思わず失笑した。

おかげで、また少し気持ちが軽くなった。実際、昨日の夜に比べたら、状況はかなりましになっているのだ。

　こうして右大臣に渡りをつけてもらえたし、昼間、皇太后のもとにいた双子の女房に宛てて出した文も、いちおうは先方に受け取ってもらえた。彼女たちが、本当にあの朝顔・夕顔姉妹かどうかは定かではないものの、いまはそう思っておいて希望を繋いでいたほうが断然いいに違いない。

（案ずるな、宗孝。ここまで無事に来られたのだから、あとは右大臣さまのお帰りを待つばかりじゃないか。いらしたら、文をお渡しして多情丸の過去を告発する。もしも言葉に詰まったら、歳明に丸投げしたっていい。歳明はこう見えても、いざとなったら、できる陰陽師なんだから）

　自身にそう言い聞かせ、緊張を緩和させる努力を重ねていると、渡殿を通って誰かがこちらに向かってくる気配がした。立烏帽子に直衣姿の人物だった。その後ろから、あわてふためいた体《てい》で九の姉が続く。

　いよいよかと宗孝は居住まいを正しかけたが……、人影が近づいてくるにつれ、彼は違う衝撃に見舞われた。

（違う。右大臣さまじゃない。あれは――）

　右大臣によく似ている。けれども、右大臣ではない。

　宣能だった。

　歳明も気づいて、戸惑い気味に身じろぎをする。宣能のあとに続く九の姉も必死に、

「お、お待ちください、中将さま。中将さま」

と連呼して、宗孝たちにそれとなく警告を発している。

言われずとも出ていくつもりはなかった。このまま前栽の陰に身をひそめ、なんとかやり過ごさねばと歯を食いしばっていたのに、

「どこにいる、右兵衛佐」

よく通る声で宣能が呼びかけてきた。そこに静かな怒りを感じ取った刹那、宗孝の背中に冷たい悪寒が走った。

（まずい……）

宗孝は震えるばかりで返事もできずにいたのに、宣能は簀子縁《すのこえん》に立ち止まると、坪庭の一点にぴたりと視線を据えた。

「そこか」

暗闇を通して完全に目が合った。絹糸のしなやかな網にからめとられた心地がした。もう逃げられない。早々に観念し、宗孝はのろのろと立ちあがった。

姿をさらしたのに、宣能の表情はまだ硬かった。彼は宗孝に厳しい視線を据えたままで、九の姉に命じた。

「はずしてくれ、九重」

「でも……」

「はずしてくれ」

再度命ぜられて、九の姉も仕方なく、何度も振り返りながら立ち去っていく。

歳明はしゃがみこんだまま、所在なげに宗孝と宣能とを交互にみつめていた。宣能は陰陽師には一瞥《いちべつ》もくれず、宗孝だけを見据えている。

ここは自分ひとりでなんとかしなくてはならない。そう思い定め、宗孝は喉がひりつくのを感じながら、口を開いた。

「あの、中将さま、これは——」

告発文と多情丸のことは触れずに、こんなところに歳明と隠れていた理由をひねり出さなくてはならない。宣能をうまく騙《だま》さねばならないのだ。

このひとを出し抜くなんて自分には無理だ、と宗孝は端《はな》からあきらめていた。心情的にも能力的にも無理に過ぎると。それでも、やらなくてはならない。

多情丸と右大臣が繋がっていること、多情丸が乳母の仇であること。そのどちらもが宣能をきっと傷つける。せっかく父親との関係が好転しかかっているのに、それをここで崩すわけにはいかない。

「これは……、その」

乾く唇を舌先で湿らせ、宗孝は腹をくってしゃべり出した。

「説明いたします。させてください。先日、物忌みのために、これなる歳明のもとへと向かいましたらば、とても、とても意外なことに、陰陽師の卦《け》に、右大臣さまの危機を伝える兆候《しるし》が顕《あらわ》れ……。こ、これはなんとかせねばとあせる余り……」

額に汗がぷつぷつと浮いてくるのを感じながら、宗孝は耳触りのいい筋書きをなんとか作ろうとした。だが、それが完成するより先に、

「いいのだ。もうわかっている」

そう言い放つと同時に、宣能の表情からすっと硬さが消えた。代わって、いつもの優美さが立ち昇る。

「中将さま……」

雲が晴れて、そのむこうから覗いた白い月を仰ぎ見ている心地がした。

月はよく女性に譬《たと》えられるが、この国の月神《げっしん》は男だ。それはきっと、目の前の宣能のような姿をしているのだろうと、宗孝は想像した。

遠すぎて、完璧すぎて、摑《つか》みどころがなくて。なのに、怪異を追うことに関してはひたむきで。あきれもしたが、抛《ほう》ってもおけなくて。守ってさしあげなくてはと思うようになり、魔所への夜歩きにもおっかなびっくり付き合ってきた。対する相手が物の怪だろうと、生きている人間の多情丸だろうと、諸々《もろもろ》の害悪から守る。その決意は揺るがない。

なのに、宣能は言葉の刃《やいば》でばっさりと切り捨ててくる。

「わたしのために取り繕わなくていい。第一、嘘が下手すぎる」

宗孝はぐっと喉を詰まらせた。歳明は両手で顔を覆って、完全降伏を表明している。

「でも」

めげず、あがこうとする宗孝を見て、ふっと宣能の唇がほころんだ。

「きみは優しいね」

ひと呼吸おいて、宣能は淡々と続けた。

「わたしはとうに知っているのだよ。父が多情丸と手を組んでいることも」

あっ、と宗孝は息をあえがせた。わななく彼を、宣能は愛おしむようにみつめつつ続ける。

「その昔、乳母を斬った泣きぼくろの凶賊が多情丸だったことも」

宣能の視線が宗孝から、ここではないどこかへと移った。表情もまた、うっすらと不吉な影を帯びていく。明るいのに冷たい月の面《おもて》のように。

「恨みは忘れない。わたしはいずれ、やつを粛清する。そのために、いまはやつの隙をうかがっているところだ。父にも邪魔はされたくない。だから、あのひとには多情丸が乳母の仇だとは教えていない」

抑揚はなくとも、宣能の低い声は歌うがごとくに響いた。それも、この世のすべてを呪う歌だ。血臭を濃厚にまとって、凶々《まがまが》しいのに旋律は泣きたくなるほど美しい。

「きみも、秘密にしておいてくれ」

はい、と応える以外に、いまの宗孝には何もできなかった。違う返事をしたところで、宣能の決意は揺らぐまい。

「ありがとう」

謝意を告げると、宣能は歳明に視線を転じた。

「歳明」

「は、はい」

飛びあがらんばかりにして、歳明が立ちあがる。

「告発文とやらを持ってきているか」

「は、はい」

歳明は烏帽子を下ろし、髻の中から文を引き抜いて、簀子縁に立つ宣能に手渡そうとした。しかし、宣能は首を横に振り、

「それは右兵衛佐に渡してくれ」

「えっ？　あ、はい」

理由も訊かずに歳明は文を宗孝に押しつけた。宗孝も言われるがままに受け取る。

よし、とつぶやいて、宣能は宗孝に命じた。

「告発文はわざと多情丸に奪わせて、きみは身の安全を図れ」

「えっ？」

「えっ？」

宗孝と歳明は頭の切り替えができずに狼狽《ろうばい》していた。宣能は構わず、

「念のために狩衣も交換するんだ」

「はっ？」

「はっ？」

「いいから早く」

急《せ》かされ、わけがわからぬまま、ふたりは狩衣を脱いで交換し合った。

「汗臭っ」

宗孝が思わず言うと、歳明もムッとして言い返す。

「右兵衛佐さまの狩衣だって汗臭いですよ」

とはいえ、同じ狩衣でも布地の質やくたびれ具合がまるで違う。くたくたの狩衣を着たいまの宗孝を見て、彼が権大納言の嫡男だとは誰も思うまい。

宣能は簀子縁から降りてくると、宗孝のすぐ目の前に立って言った。

「多情丸の手の者がこの邸を張っている。逃げると見せかけてやつらを引きつけ、適当なところで文を渡して、あとはひたすら逃げるんだ。わかったな」

「は、はい」

「歳明では逃げきれない。きみならやれると信じるからこそ、託すのだから」

「わかっております」

うなずく宗孝を、歳明は両手を合わせて拝み、涙声でくり返した。

「申し訳ありません、右兵衛佐さま。申し訳ありません……」

「大丈夫だ。死ぬ気はないから」

腰に佩《は》いた太刀を叩き、わざと明るく言い放った宗孝の肩に、宣能がそっと触れてきた。布地越しに感じた彼の指先は、驚くほど冷たい。

「いいな。無駄な争いは避けて逃げ続けろ」

「はい、中将さま」

「こんなことで命を落とされては困る」

「夜歩きの供がいなくなりますものね」

こら、と宣能が口だけ動かした。その隙に宗孝は身を翻《ひるがえ》し、邸の外へと走り出した。

決心したのだから、あとは行動あるのみだとばかりに。

リーリーと虫が鳴く。宗孝が草の間を走り抜けていっても、虫たちはほんのいっときしか沈黙しない。月は暗すぎも明るすぎもせず、いい具合に行く先を照らしてくれている。大丈夫だ、これならやれると、宗孝は自分自身に言い聞かせた。少なくとも、坪庭で右大臣をじっと待っていたときよりはましだった。

右大臣邸を出たものの、あたりに追っ手らしき姿は見えなかった。宗孝は彼らを誘い出そうと、天敵に襲われた手負いの鳥ででもあるかのように、大通りをわざとよたよたと進んでみた。すると、行きには見なかったような怪しげな男たちが四、五人、物陰から飛び出してきた。そろって凶悪そうな面構《つらがま》えをしている。右大臣家を張っていた、多情丸の手の者に間違いない。

陰陽師の歳明だと彼らに誤解してもらいたくて、宗孝はわたわたと無様に手足を動かし、歳明らしさを演出した。ところが、やりすぎてしまい、路面のなんでもない起伏に足をとられ、べしゃりと倒れこんだ。たちまち、強面《こわもて》たちに囲まれてしまう。

くそっと宗孝はつぶやき、すぐに身を起こした。腰の太刀を抜こうとしかけて、いや待て、いまの自分は陰陽師の歳明なのだぞと思い直す。だとしたら、使うものは武力ではあるまい。

「し、式神を呼ぶぞ！」

真っ白い紙人形が舞い飛んだ、あの幻想的な光景を想定して、宗孝は咄嗟に叫んだ。強面たちも一様にぎょっとする。

いまのうちに逃げようとした、そのとき。暗い脇道から、すっと何者かが現れた。

薄い衣を頭からかぶった、被衣《かつぎ》姿の少女だった。まだ十か十一か。そんな幼い子がひとりきりでふらりと夜道に現れるなど、それだけでも異様だった。狐狸《こり》の類いかと宗孝でさえ疑った。まして、自称陰陽師に脅された直後の男たちは、どれほど浮き足立ったことか。

場の視線を一身に集めて、少女は被衣をはらりと肩に下ろした。降り注ぐ月光のもと、艶やかな黒髪が照り輝く。それよりももっとまぶしく、小さな顔の真ん中にあるものが月の光を強烈にはじいた。

横に細長い目がひとつ、顔の中心で怪しく光っていたのである。

強面たちはそろって、うわっと悲鳴をあげた。

「ひとつ目のばけもの！」

「式神だ！」

ほかにも、鬼だ、物の怪だと叫び、強面たちは脱兎《だっと》のごとく逃走を開始する。

宗孝だけが、呆然《ぼうぜん》とその場に立ち尽くしていた。恐怖のためにすくんでいるのとは、また違う。

「は、初草の君……？」

そうとしか思えなくて、宗孝がおそるおそる呼びかけると、

「ご無事でしたか、宗孝さま」

ひとつ目をぎらつかせながら、相手が駆け寄ってきた。宗孝は戦《おのの》いたが、近くで見れば、まごうことなく初草だった。奇妙な道具を顔に装着しているだけだ。竹ひごと琥珀《こはく》

の薄い板でできており、その琥珀が月光をぎらぎらと反射させている。

「九重から宗孝さまが大変なことになっていると聞いて、どうにかしなくてはと、取るものも取りあえず部屋を飛び出したのです。そうしましたら、庭を走っていかれるのが見えて」

「取るものも取りあえず……にしては、なんだかものすごい物を持ち出してはおりませんか？」

「これですか？」

初草は目もとを覆う謎めいた道具をはずし、誇らしげにかざしてみせた。

「五の君からいただいた識字用の道具ですわ。二本の竹ひごの間に薄い石の板を挟んだもので、この両端を耳にかけてから文字を眺めるのです。そうすると、字の動きや色がいい具合に抑えられて。ちょうど、これをつけて絵巻を見ていたので、そのまま出てきてしまって」

「識字用の道具」

「初めて見るかたは奇妙に感じるようですね。たまたま部屋の近くを通りかかった家人が、さっきのかたがたのような反応をして大騒ぎになりましたもの。でも、笊《ざる》よりはましだと思いません？」

「ましというか……、なんだか圧倒されてしまいますね」

「圧倒？」

「はい。うまく言えませんが、違う世のごとき軽妙さと輝かしさがあって、あたかも天人の装いのごとく――」

宗孝に千年のちの語彙《ごい》があれば、近未来的とでも称していただろう。

「とにかく素晴らしいです。わたしを救ってくださるために、月の世界から舞い降りてきた天女のようでした」

「まあ……」

この上ない賞賛に、初草は頰を染めて恥じらった。宗孝にしてみれば、世辞ではなく本心から出たものだ。強面たちから救ってくれたのは、まぎれもなく、月光をまといし初草だったのだから。

このところ、笊がらみでぎくしゃくしていたが、竹ひごの琥珀眼鏡《めがね》のおかげでもとのふたりにたちまち戻っていく。謝罪の文など出す必要もなく、こうして相対《あいたい》し、率直な言葉を交わせばそれでよかったのだ。

本当に残念ながら、長くはそうしていられなかった。告発文をわざと多情丸に奪わせて、この件にけりをつけなくてはならない。

「すみません。いまは説明できませんが、わたしにはまだやることがあるのです。初草の君は、どうかこのまま邸にお戻りください」

「でも」

「大丈夫ですよ。やるべきことを終えて、また逢いに参りますから」

「……約束してくださいます？」

「はい。それとも、五の姉の発明品で絵巻物の詞書き《ことばがき》が読めるようになりましたら、わたしはもう御役御免でしょうか」

「本当にそうお思いですか？」

「いえ、思いたくはありません。絵巻物の読み聞かせは、わたしにとっても楽しみでありましたので」

初草はたちまち極上の笑みを浮かべた。

「では、また絵巻物を読みに来てください。きっとですよ」

「はい。きっと。必ず」

気持ちをこめて約束する。

もっと彼女とともにいたい。そんな名残惜しさを振り切って、宗孝は再び夜の都を走り出した。

みすぼらしい狩衣をまとった宗孝が、背を向けて走り出す。

初草は思わず、彼の背に追いすがろうとしかけたが、後方から聞こえてきた声に引き止められた。

「いけませんよ、姫さま」

振り向けば、いつの間にか、直垂姿の偉丈夫――狗王がそこに立っていた。警戒する初草に、彼は穏やかな口調で、

「ご心配なく。邸の中まで送り届けてさしあげるだけですから」

「あなたが？」

狗王がおのれの父や兄と通じていることを、初草は知らない。ただ、彼とは面識があり、そのときに悪い印象は持たなかった。怖い感じは受けるものの、自分を害することはないと、どういうわけか断言できたのだ。

それでも、初草は首を横に振った。

「わたしはいいの。それよりも、右兵衛佐さまを助けてあげて」

「あのかたなら大事ありませんとも。ああ見えて度胸がおありだし、何より運がいい」

「絶対ではないわ。宗孝さまに万一のことがあったら、わたしは――」

万一のこと。それを想像しただけで、目が潤《うる》んでくる。震える語尾に、切なげに寄せられた眉根に、気持ちが自然とあふれてしまう。

「ああ、そうなのですね」

狗王は合点がいった顔をした。

「先ほどのおふたりは、まるで永《なが》の別れを前にした恋人同士のようでありましたよ。つまり、未来の東宮妃となるはずの姫さまは、実はあの右兵衛佐さまを慕っておられる」

秘めた想いを見透かされ、初草は涙目のまま、狗王をキッと睨みつけた。狗王は困ったように苦笑する。

「責めているのではありません。わかりますとも。恋とはままならぬものですからね」

まるで、彼自身もままならぬ恋を経験したような口ぶりだった。

「では、あなたを邸に送り届けてから、すぐにも右兵衛佐さまを追っていきましょう」

「だから、わたしのことはいいと……」

「いいえ。申し訳ありませんが、それだけは聞き入れられません」

そう言い渡すや、狗王は初草を軽々と両手に抱きあげた。初草はきゃっと小さく悲鳴をあげ、反射的に狗王の首にしがみつく。

くすくすと狗王が笑った。初草は怒って彼から離れようとしたが、狗王が離さない。

そこへ、姫さま、姫さまと懸命に呼ぶ声が聞こえてきた。九の姉だ。自室を飛び出した初草を捜しているに違いない。

「あれはあなたの女房ですか」

「そうよ」

「では、ちょうどよかった」

ふらふらになりながら現れた九の姉は、狗王に気づくや、驚いて立ち止まった。彼の腕に初草が抱きあげられていたのだから、なおさらだ。

「ひ、姫さま」

「ご案じなさるな、女房どの」

狗王は悠然とした態度で告げた。

「われは中将さまとも縁《ゆかり》のある者にて、これよりお邸へ姫さまをお連れしようとしていたまで」

「九重が来てくれたのだから、わたしのことはもういいわ。それより早く」

早く宗孝を追っていって欲しいと、初草が言外に催促する。狗王は、はいはいとつぶやいて、彼女を丁重に地に降ろした。

「姫さま」

九の姉がすぐに駆け寄り、初草を抱きしめる。

「姫さま、ご無事でしたか。いったい何が。わたくしはもう、何が何やら」

弟と右大臣の会見を手配しただけのつもりがこんな事態になるとは、彼女も予想だにしていなかったろう。安堵と混乱とが綯《な》い交《ま》ぜになって、九の姉がわっと泣き出した。

初草は自分よりも年上の女房の頭を、よしよしとなでて慰める。

「ごめんなさい、九重。どうかもう泣かないで」

振り返ると、もうすでに狗王の姿は消えていた。

約束を守って宗孝を救いに行ってくれたのだと、初草は理屈抜きで確信した。と同時に、自分でも、どうしてあのひとを信じられるのかしらと、いささか不思議に感じなくはなかった。


ひとつ目の式神に仰天し、強面たちが逃げていった方向へと、宗孝は走っていた。やつらが行った先に多情丸がいてくれるのではないか。そんな薄い期待にすがっていたのだ。

狗王は宗孝のことを「運がいい」と評した。正確には、いい運にも悪い運にも恵まれている。この場合は、どちらの運が働いたのだろうか。

寺院の立派な築地塀《ついじべい》が片側に延々と続いている道を、宗孝は直進していた。すると反対側の小路から、ゆらりと男がひとり現れた。腰には不釣り合いなくらい立派な太刀がぶら下がっている。

「おい、待て」

宗孝は立ち止まり、すかさず広袖で顔の下半分を隠した。

「陰陽師の歳明とはおまえか」

「い、いかにも」

わざと声を震わせ、弱々しい体《てい》を装う。顔を隠しているのも、おびえているせいだと思ってもらえれば、好都合だった。

「ひ、兵太から預かっていた文はこれだ」

宗孝は言われる前に懐から告発文を取り出し、腕を高く掲げて振ってみせた。

「これはやる。だから、だから、わたしのことは見逃してくれ」

「なるほど、命乞いがしたかったわけか」

相手は優越感を剝き出しにして、ふふんと鼻で笑った。品だの、徳だのといったものとは、まるで縁のない笑いだった。

「わざわざ出てくるまでもなかったようだな。まあ、いい。ならば、さっさと渡してもらおうか」

宗孝はへっぴり腰で用心深く近づいていき、相手の目の下に泣きぼくろがあることに気がついた。

(泣きぼくろの凶賊……。こいつが多情丸なのか?)

緊張に宗孝の手が本気で震えた。そのせいで文がひらりと落ち、風に乗って相手の男——多情丸の足もとへと運ばれる。

多情丸が文を拾いあげた。いまだ、と宗孝は思った。

告発文は多情丸の手に渡った。あとは身の安全を図るだけだ。

恐怖に耐えがたくなったふうに細い悲鳴をあげ、宗孝は多情丸に背を向けて、その場から駆け出した。

「おっと」

多情丸はいきなり抜刀し、一気に距離を詰めると、切っ先を宗孝の背中めがけて突き出してきた。

ひいと本物の悲鳴をあげて横に跳ね、宗孝はかろうじて凶刃を避ける。

「ははっ、すばしっこいやつめ」

獲物をなぶる顔をして、多情丸は嬉しそうに斬りかかってくる。無駄な動きが多く、避けるのは難しくなかった。が、次の刃がどちらの方向から来るのかがまったく読めず、宗孝は本気で右往左往した。それが面白かったようで、多情丸はぎゃははと下品に大笑いして、またためちゃくちゃに太刀を振るう。

こちらもいちおう、帯刀はしていた。しかし、せっかく冴《さ》えない陰陽師のふりをしているのが台無しになりそうで、迂闊に抜刀できない。

脇腹のすぐ近くを、多情丸の太刀が突いた。どうにか避けおおせるも、身体が傾《かし》いでしまい、その場に片手をつく。そこに多情丸が太刀を大きく振りかぶってきた。

宗孝は砂をつかみ、多情丸の顔めがけて投げつけた。虚を衝《つ》かれた多情丸が、後ろにのけぞって咳《せ》きこむ。

いまのうちにと走り出した宗孝に、怒りの声をあげて多情丸が迫った。

「逃すか！」

思わぬ抵抗を受けて激怒したためか、驚くほど素早さが増している。ぶんと振った太刀が強い風を起こす。これは避けられない、と宗孝が悟ったその刹那。

真上から人影が降ってきた。道沿いの築地塀の上から、何者かが割って入ったのだ。乱入者は宗孝に迫っていた太刀を蹴り飛ばして、着地した。蹴られた太刀は多情丸の手から離れて、地面にぐさりと刺さる。

宗孝の命を救ったのは、水干をまとった華奢《きやしや》な若者だった。烏帽子はつけていないのに髻を結い、覆面で顔半分を隠している。それでも、目もとのあでやかさだけで宗孝は相手が誰だかを悟った。

「あ、あね……」

姉上と言いかけ、言葉を呑みこむ。

危機にいつも駆けつけてくれる十番目の姉、十郎太だ。今回は、双子女房に宛てて救援要請の文を出したのが功を奏したのかもしれない。

「邪魔をするな」

多情丸はすぐにおのれの太刀を地面から引き抜き、ふたりに向かってきた。十郎太は宗孝の肩を押しやってから抜刀した。

高い音を響かせ、刀身と刀身とが何度もぶつかり合った。刃を合わせるたびに、十郎太がじりじりと後方に押される。腕力の差もあったし、十郎太が宗孝をかばおうとして最初の対応が遅れたことも響いていた。

とうとう受け損ねた多情丸の太刀が、十郎太の頰すれすれを走る。かろうじて避けたものの、切っ先は彼女の覆面を引き裂いた。

ちぎれた覆面の下から若い女の顔が露わになり、多情丸は驚愕の声を放った。

「十郎太……！」

その名をどうして知っているのかと、宗孝も心の底から驚く。

十郎太は後方に跳躍して多情丸から距離をとると、顔をしかめて弟に鋭く命じた。

「いいから逃げなさい」

「でも」

十郎太はさらに声を荒らげた。

「わたしだけなら、どうとでもなるから、いまのうちに早く！」

「は、はいっ」

宣能からも、逃げて身の安全を図れと命ぜられていた。そこへ姉から強い指示が加えられて、宗孝はびくりと反応し、逃げへと転じた。走り出した二本の足は、まるで他人のもののようだった。

宗孝が走り出すと、十郎太自身も地面を蹴って築地塀の上へと逃れた。実際、宗孝がいないほうが彼女にとっては動きやすかったのだ。

多情丸は宗孝には目もくれず、陸に上がった魚のように口をぱくぱくと開閉させながら、築地塀の上の十郎太に手をのばした。塀は高く、誰の手も届かない。

十郎太は築地塀のむこう側へと跳んだ。いったん越えてしまえば、その姿を目視されることはなくなる。駆け去っていく足音も急速に遠くなる。

——ひとり残された多情丸は、抜き身の太刀を片手に路上に立ち尽くしていた。

告発文のことが気になって様子を見に来てみれば、おびえて逃げ帰ってきた手下たちと遭遇する始末。陰陽師がひとつ目の式神を放ってきたなどと信じがたい泣き言を告げられて激怒し、腑抜《ふぬ》けどもに任せておけるかと、陰陽師を捕らえに出ていったらば、今度はその陰陽師が自ら飛んで火に入ってきた。

これは僥倖《ぎょうこう》と、陰陽師で楽しく遊んでいるところに、まさか、さらなる大物が現れようとは。

多情丸は未練たっぷりに築地塀を見上げていた。

高い塀は彼にはとても越えられそうになく、逃げた陰陽師をいまさら追う気にもなれない。そもそも、受けた衝撃が大きすぎ、身動きすらできずにいた彼だったが――やがて、ははははと快活な笑いをほとばしらせた。

狗王が多情丸と合流したのは、ちょうどそんなときだった。

「お頭？　どうされました。何もわざわざ……」

右大臣の手に告発文が渡るのをおそれる余り、居ても立ってもいられなくなって、隠れ家から出てきたのだろうと、狗王にも容易に想像がついた。しかし、多情丸がひっさげた太刀には血がついていない。陰陽師を斬り伏せたわけでもなし、高笑いの理由まではわからない。

多情丸はぎらぎらした凶悪な笑顔で狗王を振り向いて言った。

「みつけたぞ、十郎太を」

狗王はわずかながらに目を瞠った。

「十郎太を？」

「ああ。てっきり東国にでも逃げおおせたのだと思っていた。まさか、まだ都にいたとは。例の陰陽師を斬ろうとしたら、いきなり現れて邪魔をしてきおった。おかげで陰陽師を殺し損ねたが、そんなことはもう、どうでもいいか」

湧き起こる歓喜を抑えきれず、多情丸はいまにも踊り出さんばかりだ。狗王は用心深く目をすがめて問いかけた。

「本当に十郎太なので？」

「見間違えるものか。以前よりも、ずっといい女になっていたぞ」

「告発文は……」

「それなら手に入れた。これだ。狗王、おまえは文字が読めたな？」

ええと応えた狗王に、多情丸は文を投げて寄越《よこ》した。文を広げ、文面にざっと目を通してから、狗王は浅くうなずいた。

「ええ、これですね」

「そうか」

多情丸は狗王から文を奪い返すと、細かく引きちぎって夜風に散らした。白い切片はたちまち闇に呑まれていく。過去の悪行もこれでいっしょに消え失《う》せたと言わんばかりに、多情丸の顔は晴れ晴れとしている。

「今夜はつくづく運がいい。最高の夜だ」

十郎太にとっては最悪の夜だったろう。しかし、あそこで割って入らねば宗孝の命がなかった。彼女はわが身の安泰よりも弟の命を助けるほうを選択したのだ。

「もう逃げられんぞ。必ずや捕まえてみせる。かわいらしく震えて待っているがいい、十郎太。黒龍王の孫娘よ」

逃げた十郎太の耳に届けとばかりに、多情丸は高らかに宣言し、さらなる大音声《だいおんじょう》で呵々大笑《かかたいしょう》した。地獄の鬼さながらの高笑いが、都の闇に響き渡っていく。

狗王は黙って顔を伏せた。さすがの彼も動揺してしまい、表情を隠さないわけにはいかなくなっていた。

（どうする、十郎太……）

問い質《ただ》そうにも彼女はもうここにいない。今宵は逃げおおせたが、多情丸はもっと執拗《しつよう》に追い続けるだろう。果たして次はどうなることか——

そればかりは、狗王にもまったく予想はつかなかった。

本文デザイン／百足屋ユウコ＋ほりこしあおい
（ムシカゴグラフィクス）

この作品は、集英社文庫のために書き下ろされました。

平安の都に起きる怪異を
迷コンビが追う！

ばけもの好む中将

瀬川貴次

平安不思議めぐり

貴公子だが怪異を愛する変わり者の中将に、
中級貴族の宗孝は何故か気に入られて……。

……………

六 美しき獣たち

帝の寵愛を受ける異母姉を嫉み羨む、宗孝の九
の姉。彼女の前に妖しい老巫女が現れて……？

弐　姑獲鳥《うぶめ》と牛鬼

「泣く石」の噂を追って出掛けた都のはずれで二人が見つけたのは、宣能の隠し子!?

参　天狗の神隠し

宗孝の姉が見たという「茸の精」の正体を確かめるために山に向かった宣能と宗孝だが……。

四　踊る大菩薩寺院

奇跡が起こるという寺に参拝に訪れた二人は、とんでもない騒動に巻き込まれることに!?

伍　冬の牡丹燈籠

ばけもの探訪をやめてしまった宣能を心配する宗孝。怪異スポットを再訪しようと誘い……。

七　花鎮めの舞

姉・梨壺の更衣の出産が迫る中、宗孝は中将宣能とともに、桜の精霊の怪異を訪ねるが……。

八　恋する舞台

帝に舞を披露した事からモテ期が到来した宗孝。だが、数多の恋文の中に、死者からのものが!?

九　真夏の夜の夢まぼろし

夏の離宮での宴に招かれた二人。過去にこの地で惨劇が起きたと聞いて色めき立つ宣能だが!?

「本物の怪異」が登場！
平安怪異譚。

暗夜鬼譚
ANYAKITAN

瀬川貴次

最新刊

⑥五月雨《さみだれ》幻《げん》燈《とう》

陰陽師見習いの一条は丹波を訪れるように命じられる。親友を気づかう夏樹だが、馬頭鬼あおえのうっかりで、他人の災厄がふりかかり……。

①春宵白梅花《しゅんしょうはくばいか》

平安建都から百五十年あまり、貴族文化が花開くころ。少年武官・夏樹と美貌の陰陽師見習い・一条が、宮中の怪異に挑む！

②遊行天女《ゆうぎょうてんにょ》

宮中で、二人の女御が推薦する陰陽師と僧による雨乞い合戦が行われた。だが、祈祷の最中、雲の中から異形の獣が現れ……。

③夜叉姫恋変化《やしゃひめこいへんげ》

曼珠沙華の野で出会った少女に一目惚れした夏樹。そのころ都では残忍な盗賊が跋扈し、宮中では物の怪が出没して……。

④血染雪乱《ちぞめゆきみだれ》

旅の夫婦が鬼と遭遇し妻が殺されるという事件が起こり、鬼退治に同行した夏樹。現れた鬼は、友人・一条の師匠に瓜二つで!?

⑤紫花玉響《むらさきたまゆら》

運命の出会いを求め、夜の都をお忍びで歩くのが帝の息抜き。夏樹がお供した夜、帝は藤の花咲く家で美しい姫と出逢い……。

オレンジ文庫

瀬川貴次の本

怪奇編集部『トワイライト』

(シリーズ)

怪奇編集部『トワイライト』

実家が神社で霊感体質の駿が大学の先輩から紹介されたバイト先は、UMAや都市伝説を紹介するオカルト雑誌編集部の雑用だった。勢いで働きはじめたものの、妙な事件に次々巻き込まれて……。

怪奇編集部『トワイライト』2

読者からの投稿でさまざまな心霊現象を体験したという旅館の情報が届いた。駿を含む編集部一同は取材も兼ねて社員旅行でその旅館を訪れることになるが、そこで待ち受けていたものとは……。

怪奇編集部『トワイライト』3

写真に写りこむ二メートル超の黒い人影の正体、UFOが目撃された地でなぜか降霊会開催？　帰省した駿の実家で起きた夏の事件など、最後まで怖そうで怖くないまったりゆるホラー完結編！

好評発売中

【電子書籍版も配信中　詳しくはこちら→http://ebooks.shueisha.co.jp/orange/】

集英社文庫

ばけもの好《この》む中将《ちゅうじょう》 十《じゅう》 因果《いんが》はめぐる

2020年11月25日　第1刷　　定価はカバーに表示してあります。

著　者　瀬川貴次《せがわたかつぐ》
発行者　徳永　真
発行所　株式会社　集英社
東京都千代田区一ツ橋2-5-10　〒101-8050
電話【編集部】03-3230-6095
【読者係】03-3230-6080
【販売部】03-3230-6393（書店専用）
印　刷　株式会社　廣済堂
製　本　株式会社　廣済堂

フォーマットデザイン　アリヤマデザインストア　　マークデザイン　居山浩二

ISBN978-4-08-744183-3 C0193